前门的火车记忆

QIANMEN DE HUOCHE JIYI

王　雄——著

中国铁道出版社有限公司
CHINA RAILWAY PUBLISHING HOUSE CO., LTD.

图书在版编目（CIP）数据

前门的火车记忆 / 王雄著 . — 北京：中国铁道出版社有限公司，2024.1
ISBN 978-7-113-30326-6

Ⅰ . ①前… Ⅱ . ①王… Ⅲ . ①散文集 – 中国 – 当代 Ⅳ . ① I267

中国国家版本馆 CIP 数据核字（2023）第 112412 号

书　　名：前门的火车记忆
作　　者：王　雄

责任编辑：王晓罡　　　联系电话：（010）51873343
装帧设计：闽江文化
责任校对：安海燕
责任印制：赵星辰

出版发行：中国铁道出版社有限公司（100054，北京市西城区右安门西街 8 号）
印　　刷：北京盛通印刷股份有限公司
版　　次：2024 年 1 月第 1 版　2024 年 1 月第 1 次印刷
开　　本：880 mm×1 230 mm 1/32　印张：9.5　字数：170 千
书　　号：ISBN 978-7-113-30326-6
定　　价：78.00 元

这里传唱着悲欢离合，成就了老北京的形象、背影和注脚

目 录

绪 言

一座火车站与一座博物馆

一

我出生于洪湖岸边，故乡至今都没有通火车。

童年的我没有见过火车，只是听大人们说，火车有多么长，跑得有多么快。我对火车充满了好奇与幻想。

长大后，我的第一份职业，竟然是火车司机。我开着火车走南闯北，注视着火车乌黑色的身躯，大红色的轮子，吞云吐雾，气壮山河，一股刻骨铭心的自豪感油然而生。

火车进站时，阳光里或月光下，站台上总是挤满了人。有人把站台叫作月台，也许试图赋予它夜色朦胧、依依惜别和漫长等待的诗人情怀和文化意境吧。月台浸润着一种月缺月圆的诗意，表达着一种黑夜尽头方见日的期盼。

其实，中国最早的月台是用来赏月的。相传，北京故宫太和殿前面的平台，称之"月台"。中秋之夜，皇帝和嫔妃在此赏月，因而得名。火车传入中国后，车站停靠列车的站台，与故宫里赏月的平台相似，于是就有了"月台"之说。据说，国外的火车站站台并无这一别号。

月台上，不断上演着相见与离别的悲喜剧。车门前，成功人士的众人簇拥，疲惫游子的悄然离去；车窗外，人们谈笑着、喧闹着、哽咽着。难舍难分的恋人，亲密无间的朋友，还有父母投向远行儿女的期待。他们坐着火车而来，又被火车拉走。

我相信，游子们都有着乘坐火车远行的记忆。特别是早年间没有高铁，春运可是无数人难以忘怀的经历。多年以后，留在脑海里的仍然是那些无法忘怀的印象。每一次回到故乡的激动，每一次与亲人道别的黯然，历历在目。

火车站就是魂系故乡与追逐梦想的地方。游子的迷茫，归人的喜悦，全都流淌在火车站的月台上。本地人走出去，外地人涌进来，一进一出，看似很平常、很自然，实际上，都是自己对人生的追求，都是平凡对非凡的向往。

我明白了，每一座火车站都是人生驿站，每一条铁路线都维系着人生情感。

二

一座城市的与众不同，在于景观，更在于人文。

每座城市都有属于自己的记忆，火车站则是这个记忆的内核。近代中国的衰败与当代中国的复兴，似乎都与火车有着不解之缘。

当你伫立于天安门广场，举目望向前门楼的东侧，就会看到一座风格典雅、充满异域风情的建筑。高耸的钟楼帅气笔挺，浅灰色楼身舒缓悠然，小教堂一般的外观，灰红两色的墙面，看起来就很舒心、温暖。

这就是古老的前门东火车站，多年来，任人们从身边川流不息，阅尽世态冷暖。

有位诗人赞美道："啊，前门火车站。古老的北京城是你的背景，城墙、前门、故宫，是你的映衬。"在很长的一段岁月里，前门东站的钟楼标志，是许多外地人对北京的第一印象，经典的北京记忆。

前门东站最初是京奉铁路的起点站，后来多条铁路的客车都从这里始发。此后的半个多世纪，这座曾经的全国最大的火车站，一直热闹无比。汽笛声声，车水马龙。广场上，夹杂着洋车、骡车的吆喝声，还有电车、轿车的喇叭声，拥挤着数不清的旅客、行人。

20世纪上半叶，几乎所有来北京的各界人士，都是从前门东站进出的。前门东站，作为一个重要的历史舞台，以沉默稳健的姿态，承载着无比丰富的内容，忠实地记录着中国近代史上的风云变幻。

这座神奇的火车站，成了许多人的共同记忆，也成为中国近代史上一个重要的文化场所。它像一个强大的磁场，把许多人的命运凝聚在了一起。尽管不是在相同的时间里，却是在相同的空间里。

于是，有了"一座火车站，半部近代史"之说。

正是这幢中西融合的古建筑，传递着古老与开放并存的气息，架构起中国历史延续和时代演绎的生动范例，给人一种梦幻般的感觉。它留住了时光，延伸着感情，成为许多重大事件和动人故事的不变背景。

一百多年的蹉跎岁月，前门东站见证了历史的兴衰与迭变，铭记着岁月的盈盈流转。钟楼上的指针，一直保持着行走的姿态，一刻不停地记录了那些行色匆匆的面孔，似乎向远道而来的人们讲述着那些曾经的、沉甸甸的往事。

前门楼箭楼的西侧，曾经还有过一座火车站，名曰前门西站，后来被拆除了。那是京汉铁路的起点站，由于多用于货运，人们对它很陌生。

前门楼与故宫遥遥相望，按照清朝廷的礼教，皇城根下是不允许火车喧嚣的。庚子之变后，慈禧太后带着光绪皇帝仓皇离京，八国联军扒开了城墙，把铁路伸进了北京城，让火车轰隆隆地开到了前门楼。

遥想当年，各地来北京的人，下火车第一眼看到的就是前门楼子。走出前门东站，就一脚跨进了人流涌动的正阳门大街，直接踏入了京师的繁华。穿过前门，就能看到中华门、天安门……一览皇城的雄伟。

然而，新中国十周年大庆时，一座新的北京火车站，迅速取代了前门东站的辉煌。

前门东站是中国铁路史上的重要标志性建筑，它以实物形式记录着中国铁路的发展。2001 年，北京市政府确定京奉铁路正阳门东车站旧址为北京市级文物保护单位。

时光荏苒，岁月流年。前门火车站过往的风采，人们只能翻开尘封的书页，在只言片语中寻找失落已久的城市记忆……

三

2008 年 8 月 1 日，在前门东站旧址建立起来的中国铁道博物馆，正式对观众开放。距 1901 年前门东站诞生，过去了 107 年。

21 世纪初，在铁道部和北京市政府的共同努力下，前门东站恢复了原貌。由清华大学建筑设计研究院提交的改造方案，有条件地进行了修缮和恢复，保留了原建筑欧式典雅的浪漫风格。古老的火车站，重获新生，肩负起新的历史使命。

一座火车站，与一座博物馆，彼此之间，必然有着一段漫长的对话。庆幸的是，昔日的前门东站，终于享受了历史古迹的待遇，得以保护。眼下我们看到的，不仅是一座厚重的古老建筑，与之相关的一切悲欢离合，似乎都残留在其间。历史与现实在这里邂逅，成就了跨世纪的佳话。

走进这座博物馆，首先映入眼帘的就是"永恒的动力"浮雕墙。三个火车轮样的雕塑，以火车特有的联动形态，紧密地排列在一起，寓意中国铁路砥砺前行的发展历程。仔细观之，它们从左至右，分别标着"京奉铁路正阳门东车站"、"北京站"和"北京南站"，象征着中国铁路经历的蒸汽、内燃和电力三个时代。

这里的藏品极为丰富，包括火车头、路轨、站牌、信号灯、票证、线路图、老照片等千余件文物。馆藏的"0号"蒸汽机车，是我国现存最古老的机车。它的个头特小，只有3米来高，最宽处约2.5米，全长不足5米，只有4个轮子，总重才8吨，简直可称作"袖珍机车"。它是唐山大地震时，从开滦煤矿废弃的坑道里"震"出来的。因为它最"年长"，也就最能吸引眼球，享有"镇馆之宝"的美誉。

其实，中国铁道博物馆的镇馆之宝，并不在展厅之内，而是博物馆的整体建筑本身，即"京奉铁路正阳门东车站旧址"。如此大体量、大分量的藏品，理当为国之重器也。它形象生动地展示了1840年鸦片战争，中国被迫打开国门之后，中西文化的碰撞与融合，通过一种特有的艺术气质，实现了中国建筑美学的突破与表达，铭刻着时代的脚步与历史的印迹。

中国铁道博物馆，是我国铁路唯一的国家级专业博物馆和公益性文化事业单位，由正阳门馆、东郊馆及詹天佑纪念馆组成，其中正阳门馆是中国铁道博物馆的主馆。

一座古老火车站的魅力，在于它的曾经拥有和永恒不灭。流连于此，你会被这里丰盛的藏品和浓厚的历史气息所陶醉。正阳门馆无论是外观还是内涵，都烙印着火车站的痕迹，当然还有奔跑的火车影子。每件展品，从中都能够读出一个或多个火车故事来。

四

生命不息，好奇不止。好奇心和收藏意识是人类的天性，是博物馆的由来。

天地间的许多新奇玩意儿，人们都喜欢去刨根问底，收藏起来，时不时拿出来在众人面前展示。这是人类好奇的天性，也是一种收藏的意识。

早在4000多年前，埃及和美索不达米亚的统治者，就酷爱寻找和收藏珍品奇物。公元前3世纪，托勒密·索托在埃及的亚历山大城，创建了一座专门收藏文化珍品的缪斯神庙。尽管它具有研究机构的性质，但还是被公认为人类历史上最早的"博物馆"。"博物馆"一词，就是由希腊文的"缪斯"演变而来的。

现代博物馆概念，是在17世纪后期出现的。在18世纪，英国有一位内科医生汉斯·斯隆，是一个兴趣广泛的收藏家。为了让藏品永远"维持其整体性、不可分散"，他将自己近8万件藏品，全部捐献给了英国王室。由此，英国王室创立了一座国家博物馆。1753 年，大英博物馆建立，它是世界上第一个对公众开放的大型博物馆。

尽管人类有收藏和展示历史文化物品的传统，但现代博物馆的初衷和展示方式与传统收藏有着显著差别。在此之前，藏品通常是不亮相于大众的，或属于皇室，以彰显君王的权力和权威；或被贵族所拥有，以炫耀其财富和地位。

对于一座城市、一个国家来说，博物馆就如同城市家谱和国家相册，记录着一座城市和一个国家的成长史，是与人类文明发展无限接近的地方。在这里，你可以触摸历史的脉搏，阅读过去的日子，发掘出许多知识与趣味。

有人说，想要很好地了解一个地方的过去和现在，你就去当地的博物馆看看。博物馆是一个城市的眼睛，能看到城市的心灵。一个行业博物馆，则是行业的文化记忆。

国际上已将人均拥有博物馆数量，作为衡量一个国家文明进步的标志。一些欧美国家基本达到了平均每 4 万人拥有一座博物馆。我在欧洲一些国家旅行时，偶尔走进一条小巷，就可能会遇到一座博物馆，让人惊喜不已。

显然，你若来到一个陌生地方，博物馆就是你的眼睛和向导，它会引导你走进当地文化，让你领略美丽的他乡风情。

五

在法国巴黎塞纳河左岸，与卢浮宫和杜伊勒里花园隔河相望，有一座奥赛博物馆。它与卢浮宫、蓬皮杜中心并列为巴黎三大艺术博物馆，被誉为"欧洲最美的博物馆"。

2018 年，我在欧洲旅行时，走进了这座博物馆。

奥赛博物馆是利用一个废弃的老火车站改建而成。这是一座精美的老建筑，为巴黎的标志性建筑之一。虽占地面积不大，但集中的精品绝对称得上印象画作的圣殿。这里聚集了法国近代文化艺术的精华，共收藏近代艺术作品 4700 多件，内容涵盖绘画、雕塑、家具、手工艺品、建筑、摄影等几乎所有的艺术范畴。其中包括耳熟能详的凡·高、高更、安格尔、莫奈等名家的作品。艺术家们还可以在这里架起画架，尽情描绘和涂抹最新、最美的图画。

老火车站建于 1900 年，是为了迎接巴黎万国博览会而建。当时，作为发往法国西部、南部火车的起点站，每天从这里发出的列车多达 200 列。火车站落成时，画家爱德华·迪泰伊曾感叹道："这个车站太美了，多像一个陈列艺术品的宫殿！"谁也没想到，这句赞叹在 80 多年后变成了现实。

1972 年，由于铁路的发展、城市的变迁，这座著名的火车站濒临废弃。有人建议把它改造成博物馆，这得到了当时法国总统蓬皮杜的支持。从 1977 年开始，法国政府对其进行了改造，历时 10

年时间，成就了现在的奥赛博物馆。这个老火车站的成功转型，无疑是世界老工业建筑改造的典范。

奥赛博物馆各个楼层间，利用落差巧妙衔接。楼顶带有巨大时钟窗户的观景，每个拐角也有艺术品的惊喜。从底层开始，花数小时盘旋向上，一路都能欣赏到大师的杰作，让人不禁肃然起敬。

不言而喻，这座建筑本身就是这些艺术品的最佳背景。在这里，观众们仍能感受到无处不在的 19 世纪法国的浪漫气息。从某种程度上来说，这座建筑本身即是博物馆的第一件馆藏，完好地呈现了19 世纪下半叶、20 世纪初的法国艺术风格。

由此，联想到前门老火车站，它与奥赛火车站年岁、经历相当，也都改建成了博物馆，有着许多的可比性和可借鉴性。当然，差距也是显而易见的。

六

不可否认，建筑物的功能或存在都会有寿命，火车站也是如此。到了一定的年限，就需要进行大修，甚至直接推倒让其消失。

奥赛博物馆、中国铁道博物馆的意义在于，能够示范引导对古老建筑的保护。我国一些有影响和有特色的火车站，正在沿着这条足迹，以博物馆的形式保存下来，其文化、历史价值，继续得到发扬光大。

在江西南昌湾里区幸福路,一座老式的建筑在路边静静地闲置了近半个世纪,显得破败不堪,只有墙体中央的"湾里车站"几个浮雕大字依旧清晰。然而,这座曾经的火车站,摇身一变,成了一座民俗博物馆,立刻获得新生。

这里收藏着特殊年代的许多物件。20世纪60年代末,南昌市轰轰烈烈地开展了"备战备荒"运动。地处深山的湾里,成了战备外迁的目的地。几万建设大军昼夜奋战在这片荒芜之地,肩挑、手扛、板车推,将数以百计的工厂搬迁于此。一段工业文明从此开始,一座新兴城市就此诞生。

博物馆大门前,有一段由旧枕木和铁轨铺就的小道,上面停放着一辆"梅岭号"绿皮火车。鲜明的历史印迹,一下把人们的思绪拉到了那个激情燃烧的岁月。建设湾里火车站的老照片、老资料和湾里区生产的南昌第一台电视机、第一台摩托车和第一台鼓风机等老物件,按照时间脉络,整齐地摆放着。

在昆明市的北京路上,一栋黄色的法式建筑格外耀眼。这是一座窄轨老火车站,现在已经成为云南铁路博物馆。

这座博物馆由南馆、北馆和连接两馆的空中连廊组成。南馆以百年滇越铁路"云南府车站"法式古典建筑为原型,北馆以高铁车站的诸多元素构成,总建筑面积达8360平方米,收藏或展示文物、文献万余件。

这里有古老的米轨、寸轨小火车头,也有高大亮丽的准轨内燃机车、电力机车和现代高铁动车组。米轨铁路、寸轨铁路、准轨铁路三种不同轨距共存运营，这是全国铁路独有的"云南现象"。

从 1915 年至 1936 年，云南人历经 21 年艰辛筑造，在崇山峻岭的边陲修筑了一条 177 公里长的寸轨铁路。它的轨距仅 600 毫米，在世界运营铁路中别致独特。它所使用的机车，个头还不到准轨机车的一半，小巧玲珑。

还有中东铁路上的绥芬河老火车站，现已变身为中东铁路记忆馆。推门而入，古朴与现代相融合，欧式与中式相互渗透。铁轨、车轮、蒸汽机车模型沙盘，呈现出弥足珍贵的中东铁路记忆。

七

许多古老的东西，都闪烁着残缺美的光辉。

以某种残缺的姿态表达出的美感，称为残缺美，这是文博美学的概念。从美学意义而言，不一定是新东西、完整的东西才美好。陈旧是一种美，残缺是一种美，废墟也是一种美。

美国芝加哥大学艺术系教授巫鸿先生，曾专门写过著作《废墟的故事》。他热衷于中国文化，研究中国古代文化遗存。残存的破庙废墟，山丘上的半截石碑，都是他的研究对象。

譬如说，北京明清时期的四合院，特别是一些摇摇欲坠的古建筑，它们与前门东站旧址一样，都是历史的遗存和记忆。如何保留它们过去的形态？显然不是整修如新，而是突出特征，留住残缺之美。谈及老前门东站的旧址保护，当时由于城区道路拓展的需要，不得不拆毁北侧的部分建筑，让老车站残缺了。然而，聪明的建筑师采取"移花接木"的手法，将钟楼北侧部分平移到了南侧，巧妙地保护了老车站的原貌特征，化残缺为神奇。

残缺美，是一种没有答案的美，需要人们自己去寻找答案。就如同人们常常说的，一千个读者眼中，就有一千个哈姆雷特。你用什么样的心态看蒙娜丽莎，蒙娜丽莎就会有什么样的微笑。许多历史文化遗迹或珍贵文物，正是因为有了残缺美，才让人们多角度地感受到了美的无穷魅力。

我曾经对奥赛博物馆留恋不舍，因为这里有很多建筑的残片，包括残缺的石雕、石柱、窗台等，依然熠熠生辉，彰显着古朴的美感。我感到似曾相识，亲切又美好。这些残片与北京前门东站、上海外滩、武汉江汉关的建筑物件，几乎是如出一辙。

文物保护的价值在于原汁原味，在于其文化性、历史性和故事性。即使是残缺的文物，也是具有美学价值的。

八

历史文化的传承有着多种途径。

口述历史又称口碑史学，是另一种形式的博物馆。它是文博学的一个分支，即由研究者通过面访、记录、影像的方式，将口述的历史凝固，同时结合史料、文物进行史学研究，收藏入馆，传承后人。

当今许多博物馆都增加了口述历史的收藏。新中国成立70周年时，我曾在国家博物馆流连忘返，一次又一次地按键播放毛泽东开国大典的原声，听之如身临其境。

从崔永元的口述历史《我的抗战》，到"家·春秋"大学生口述历史影像记录，口述历史已经开始走出狭小的空间，以更接地气的方式走进了大众视野，成为国家记忆和文物收藏的重要组成部分。

对于重大历史事件的展示，仅有实物还远远不够，由亲历者口述其亲历、亲见、亲闻，回忆相关事件的过程或细节，或由若干亲历者交叉回忆事件的过程，相互比对，再加上书证、物证及历史影像记忆，能立体地还原历史事实。可亲、可信、可敬，是博物馆展陈的高境界。

诚然，无论是历史研究，还是文博收藏，很多口述历史的采集整理工作都是抢救性的。若不及时整理，当事人辞世或记忆衰退，其见证的历史细节与真相，有可能随之湮灭或模糊。

从某种意义上讲，每一位老人都是一座活着的博物馆，而每一位老人的逝去，可能就是一座博物馆的坍塌，且无法修复。

著书立说，人人可为，口述历史本就是一本书或多本书。

九

我很欣赏祝勇先生的写作姿态。

他充分利用在故宫博物院工作的优势，把古物既作为工作对象，又作为写作对象，甚至把全世界面积最大的皇宫建筑群作为写作的对象。

故宫博物院的藏品多达186万件，每年展出量仅占总量的0.6%，大部分古物虽近在咫尺，却远似天涯。祝勇形象地说："一个人一天看五件，全部看完，需要一千年。"

故宫里有永远挖掘不完的历史。虽然有一代代的学者和作家在研究和书写故宫，但仍然有很多历史的细节和真相，有待探寻和发现。祝勇就像一个深入故宫的历史侦探，以艺术、文化和历史等不同触点，不断地挖掘和发散，不断地有所发现。

祝勇尽量寻找每个时代的标志性符号。他写活了故宫的古物，让凝聚在古物上的人性与美跃然纸上。在《故宫的古物之美》一书中，祝勇用心地讲述一件件国家宝藏的前世今生，用18篇散文，串联起一部故宫里的极简艺术史，再现中华文明的营造之美。祝勇称之为"纸上博物馆"。由此弥补大家看不到、看不完故宫古物的遗憾。

我很赞成"纸上博物馆"这个概念，这也许就是博物馆与写作者的缘分。

用写作的方式，更深入地去阐释文物和其背后的历史故事。这是作家的责任所在，也是一种写作乐趣。因为这不仅仅是知识性传输，更多的是以人文的眼光，将古物和历史的命运勾连在一起，传递中国文化和中国精神。

一座博物馆的容量有多大？哪怕是书写一座小型博物馆，一个人的能力也是微不足道的。这需要寻找属于自己的表达方式，而不是百科全书式的写法。以独特的文化视野和角度，锁定一个物件或部分，用独特而清晰的语言表达出来。

这也许就是我写作这本书的初衷。

第一章　先来说说前门楼

北京城是世界著名的文化古都。北京古老的建筑群，是中国建筑史上的瑰宝。

以紫禁城为中心的正方形格局，醒目的金、红二色主色调，高墙深院里的楼阁台榭，与青砖灰瓦、绿枝出墙的四合院，共同营造出北京城宁静与安谧的氛围，在构成强烈视觉反差的同时，给人以极具震撼力的审美感受，矗立起人们心中的厚重感和历史感。

明永乐十九年（1421 年）正月，明成祖朱棣宣告国都自南京迁至北京。六百多年来，朝代更迭，世事浮沉，这座古城的格局却一直保留着原有的风格与韵味，以独具特色的历史文化价值，成为伟大东方文明的象征。

雄伟的正阳门，乃明、清两代北京内城的正南门。因其位于紫禁城的正前方，又俗称前门。如今人们所说的前门楼，实际上指的是南北并立的两座建筑。位于北侧靠近天安门广场的拱形门洞建筑

是"城门"，而位于南侧的周身开满箭窗的则是"箭楼"。城门和箭楼之间，用城墙围起来就是瓮城。城门、箭楼与瓮城为一体，组成了一座完整的古代防御性建筑体系。前门楼高大伟岸，古色古香，为北京城门之最，是中国公路零公里起点。

前门楼享有"北京第一楼"之誉。"前门楼子九丈九，四门三桥五牌楼"，从这句老北京歌谣中，就能感受到前门楼子的高大与威武。不过民间所说的"九丈九"，毕竟只是个虚数。"九"在中国是个吉祥数，"九"无穷，象征着至尊至大，体现着皇权的至高

摄影 / 原瑞伦

无上。歌谣中的"四门"，就是城门和箭楼的门楼，再加上瓮城圈上开的两道"闸门"。

老北京人，经常把前门楼子挂嘴边。形容一个物体的高大，或形容一个人的能量，都会拿前门楼子说事、打比方。为什么呢？因为前门楼子大家都熟悉啊，有标志性和可比性。再说，连前门楼子都敢忽悠，在老北京人眼里，那可是牛皮吹大了。

"我说前门楼子，你说胯骨轴子；我说前门楼子，你说热炕头子；我说前门楼子，你说火车头子……"后面还可以连接出许多，

老北京人都能说上两句。这些北京俗语，答非所问，你说你的，我说我的，意在拿前门楼子打趣，流露出一种幽默感和自豪感。可见，前门楼子在北京人心中的位置。

前门楼子作为北京古建筑和古文化的标志，蕴含着太多的文化内涵。谈及北京文化，前门楼子有着独特的角色、地位和影响力，自然是绕不过的。它连同周边的老字号商铺、戏楼、书场、会馆，构筑起了老北京的市井文化、风度韵致和精神风貌。

老北京是扑面而来的、有分量的。古建筑群的雅趣，街巷、胡同的韵味，还有诸多的四合院、大杂院，滋润着老北京人"提笼架鸟"的悠闲生活。有前门楼子在，北京人就有底气，就有念想，就有了属于自己的日子。

北京中轴线

中轴线，是古城建筑群的脊梁。

有人说，不了解北京中轴线，就读不懂北京城。还有人说，没逛过北京中轴线，就不算真正北京游。甚至有人说，不会欣赏北京中轴线，就莫谈中国文化和物质文化遗产……

何为北京中轴线？即自元、明、清以来，北京城东西对称布局建筑物的对称轴。它南起永定门，北至钟鼓楼，直线距离长约7.8公里，是北京城的中轴线，也是世界上现存最长的城市中轴。北京城"中轴突出、两翼对称"，汇集了古代都城建筑的精髓，见证了北京城的沧桑历史，是当之无愧的中国最华丽的建筑群布局和走向。

　　这条城市轴线上既有恢宏的皇家建筑，也有古朴的民居四合院，还有近现代的一些重要建筑。如今，西安、洛阳、南京等古都的中轴线都已经大体消失了，唯有北京的中轴线，保存得最为工整、完好。

　　早在元代，北京中轴线就已正式形成。1272 年 2 月，元世祖忽必烈弃金中都，建立了元朝的首都"元大都"，元代中轴线位置就在今日的旧鼓楼大街中心线及向南的延伸线，越过太液池东岸的宫城中央。元大都的城市布局，在很大程度上决定了北京城的基本格局。如果说今天的北京还留有元大都的痕迹，那么这条穿过城市南北的中轴线，就是元大都在几百年后的延续和传承……

　　元大都时期确立的中轴线，目的是强调封建帝王的中心地位。古都中轴线的构成，既显示了皇权的统领地位和无上威严，又把北京城编织为一个纵横交错、不可分割的整体。

　　明朝时期，中轴线位置向南延伸，修筑了北京外城，形成了今日所见的南起永定门，经内城正阳门、天安门、故宫、景山、鼓楼，直抵钟楼的雄伟建筑长廊。这条中轴线连着四重城，即外城、内城、皇城和紫禁城，鲜明地突出了九重宫阙的位置，体现了封建帝王居天下之中"唯我独尊"的思想。

　　对称美，是北京中轴线理念和城市建筑哲学。以城市中轴线为中心，两旁对称排列各种坛庙建筑物。中轴线上的皇城，左面

⊕ 一根长达八公里，全世界最长，也最伟大的南北中轴线穿过全城。

为太庙，右面为社稷坛；故宫里的建筑，多数为东西对称；城墙也是左右对称。

中国建筑大师梁思成曾赞美北京中轴线："一根长达八公里，全世界最长，也最伟大的南北中轴线穿过全城。北京独有的壮美秩序就由这条中轴的建立而产生；前后起伏、左右对称的体形或空间的分配都是以这条中轴线为依据的；气魄之雄伟就在这个南北引伸、一贯到底的规模。"

从南至北，沿着这条中轴线寻觅，无疑是一路文化，一路景致，一路气派。

永定门，即永定门城楼。在北京外城城南正中，既是北京中轴线的起点，又是南面出入京城的要道。它建于明嘉靖三十二年（1553年），寓"永远安定"之意。清朝乾隆年间，重建永定门箭楼、城楼及瓮城，并将城楼的建筑规制改为同于内城城楼。永定门成为北京外城中规模最大、最重要的城门。

20世纪50年代，永定门的瓮城城墙、城楼和箭楼相继被拆除。2004年，为了恢复北京中轴线起点，永定门城楼重建，成为北京城第一座复建的城门。

穿过永定门，就到了天坛。天坛是祈谷、圜丘两坛的总称，是明、清两朝皇帝祭天、求雨和祈祷丰年的专用祭坛，也是世界上现存规模最大、形制最完美的古代祭天建筑群。两重坛墙环绕，将坛域分为内、外坛两部分，均为南方北圆。连接两坛的轴线，是一条长 360 米、宽 28 米的砖石台，称为"神道"，又称"海墁大道"。其寓意为，上天庭要经过漫长的道路。

天坛之北是珠市口，旧时乃外城最热闹的地方之一。它正好处于南北中轴线与东西珠市口大街交叉处，人来车往，十分繁华。最初，由于这里是生猪交易市场，而称"猪市口"。到了清代，雅化地名，把猪市口改为"珠市口"。

穿过珠市口大街，就来到了正阳门。正阳门原名丽正门，又称前门、大前门，是明清两朝北京内城的正南门。它始建于明朝永乐十七年（1419 年），居老北京"京师九门"之首。

正阳门地理位置特别，箭楼和城楼都在北京城的南北中轴线上。在北京诸座城门中，正阳门规制最为隆崇，是中国封建社会后期城市布局、军事防御、礼仪制度和建筑艺术的综合体现，也是老北京历史文化的重要载体。

在正阳门北侧，有一座跨护城河的石桥，名为正阳桥，它是京城九门护城河上最大的一座桥。正阳门前的牌楼为五间六柱式，因而老北京人都习惯称其为"前门五牌楼"。正阳桥和五牌楼与正阳门城楼一起成为中轴线上重要的景观标志。2006 年，在前门大街历史风貌的修复工程中，五牌楼被重新修复。

前门大街是北京非常著名的商业街，位于京城中轴线，北起前门月亮湾，南至天桥路口，与天桥南大街相连。明嘉靖二十九年（1550 年）建外城前，这里是皇帝出城赴天坛、山川坛的御路。建外城后，这里为外城的主要南北街道。大街长 845 米，行车道宽 20 米。明清时期，更名为正阳门大街。

天安门与正阳门遥遥相望，是明清两代北京皇城的正门，始建于明朝永乐十五年（1417 年），最初名"承天门"，寓"承天启运，受命于天"之意。设计者为明代御用建筑匠师蒯祥。清朝顺治八年（1651 年）更名为"天安门"，取"受命于天，安邦治国"之意。

天安门由城台和城楼两部分组成，有汉白玉石的须弥座。城台下有券门五阙，中间的券门最大，位于北京皇城中轴线上，过去只有皇帝才可以由此出入。1924 年，清废帝溥仪被逐出紫禁城后，天安门开始对民众开放。

北京故宫，旧称紫禁城，位于北京中轴线的中心，是中国明、清两代 24 位皇帝居住和办公的地方。故宫是一座无与伦比的古代建筑杰作，也是世界现存最大、最完整的木质结构的古建筑群，黄琉璃瓦顶，青白石底座，金碧辉煌，华美无比，被誉为世界五大古老宫殿群之一。

故宫建筑沿着中轴线排列，南北取直，左右对称，朱漆金钉，雕梁画栋，光影迷离，华丽耀眼。以乾清门为界，以南为外朝，以北为内廷。外朝以太和殿、中和殿、保和殿三大殿为中心，配有东西两翼建筑，造型宏伟壮丽，庭院明朗开阔。内廷以乾清宫、交泰殿、坤宁宫后三宫为中心，两翼建筑为封建帝王与后妃居住之所。

出故宫北门，进入景山公园，这里曾是明、清两朝的御苑，距

今已有 800 多年历史，是老北京内城的中心。景山高耸峻拔，树木
翁郁。登上万春亭，京城景色尽收眼底。景山为堆土而成，山虽不高，
却很有名。这里有一棵歪脖子树，竟然是著名的人文景观：崇祯帝
自缢处。崇祯皇帝自幼好学，勤奋节俭，祈盼江山稳固、社稷兴旺。
但他心胸狭窄，迷信专断，多疑残忍，最终王朝倾覆，悬树自尽。
时常有游人在此凭吊，为古人伤怀。

钟鼓楼坐落在北京中轴线的最北端。钟楼、鼓楼前后纵置，气
势雄伟，高大巍峨，凝聚着一种蓬勃向上的力量。钟鼓楼作为元、
明、清时代都城的报时中心，在漫长的岁月里，以晨钟暮鼓的方式，
见证着历史的变迁，成为百姓心中的一种历史记忆。

纵观中国城市钟鼓楼的建制史，北京钟鼓楼规模最大，形制最
高，是老北京的标志性建筑之一。它始建于元代，因多次毁于火灾，
元、明两代多次重建。眼下的鼓楼建于明代，钟楼则建于清代。20
世纪三四十年代，均对钟鼓楼进行了不同规模的修缮。

20 世纪 90 年代，北京市兴建亚运村时，为与城市中心连接，
在二环路钟鼓楼桥引出鼓楼外大街，向北至三环后改名为北辰路。
这条路成为北京中轴线的延伸，西边建造中华民族园，东边则是国
家奥林匹克体育中心。

北京申奥成功后，中轴线再次向北延长，成为奥林匹克公园的
轴线。东边建造国家体育场（鸟巢），西边则是国家游泳中心（水
立方）。再向北，穿过奥林匹克公园，到达奥林匹克森林公园。位

于公园的仰山、奥海，均在中轴线上。

2018 年 7 月，北京中轴线申遗，确定了天安门等 14 处遗产点。

500 年的前门楼

前门是老北京城的正门。皇帝出入皇城时，"龙车"都要由这里通过。外国使者进宫朝拜，也要从这里起步。

有人形象地说：站在前门里头往外看，看到的是历史的流变；站在前门外朝里端详，看到的是现实的更替。一座前门，连着历史与现实两个世界。

前门历史地位显赫，是北京城门中建制最高、建筑最壮丽的城门。譬如说，前门朝南的一面有十根柱子，而崇文门等其他城门，只是八根柱子。前门是北京如今仅有的一座城楼、箭楼保存完好的帝都之门。

1276 年，元朝开始在北京垒墙建元大都。当时全城共有 11 座城门，南大门丽正门是中心。其名源于《易经》中的"日月丽乎天"。丽正门只有城墙、城洞，没有城楼、箭楼。尽管它不是一个完整的防御体系，但无疑是老北京城垣建筑的最早作品。

元朝时人们用土、石灰和沙砾等材料夯筑城墙，或者把土置于篱笆或苇栅之间，通过夯打结实而形成墙壁。到了明朝，人们以城墙砖包裹的方式修筑城墙，这使得城墙更坚固耐用，更能抵抗刀枪剑戟和风雨侵蚀。

元朝时的丽正门，位于现在天安门的位置。明永乐帝迁都北京时，为扩展皇宫前方的空间，将元大都遗留的南城墙全部拆除，改在以南二里处重建，重建后的南城墙三门仍沿用元代旧名。由此，丽正门迁建于今日正阳门的位置，仍旧称为丽正门。

这座华丽的正门是充满灵性的。它懂得自己无论站立在哪里，都应当从脚下的土壤中汲取丰富的营养。漫长的风雨岁月里，它牢牢地植根于京城大地，面对纷繁世态，洞若观火，泰然处之。

永乐帝忙于北征，无暇完善北京城池。他的重孙正统皇帝即位后，开始了大规模修建京师城墙和城门。夯土城墙用城砖包砌，为九座城门建造了城楼，又在城楼外侧修筑了防御要塞瓮城和箭楼，还将城外护城河上的木桥都改建为石桥，并在桥头竖立了牌楼。

正统四年（1439 年），京城九门完工后，凡是沿用元代旧称的城门都重新命名，丽正门改称正阳门。"正阳"，出自《史记》所载司马相如《封禅书》中"正阳显见，觉悟黎烝"一语。古人以南面为阳，"正阳"指天子正位于南面；"黎烝"则指北面称臣的民众。

其实，"正阳门"原是明代南京内城的十三座城门之一，位于南京老城城墙东南，城门外修筑有护城河，正阳门桥架设于护城河上。显然，北京的正阳门应该是借用的南京城门名。1928 年，南京正阳门更名为光华门。

⊕ 明清时期，在正阳门的建筑群中，原有一个巨大瓮城。

　　新建的正阳门，完善了瓮城、箭楼、东西闸楼，建造石桥和牌楼，形成了"四门、三桥、五牌楼"的格局。四门，即正阳门的四个门洞；三桥，指箭楼前护城河上的正阳桥，宽阔的桥面被栏杆分隔成三路通道，看似三桥。五牌楼的得名，源于正阳门前跨街牌楼五间、六柱的建筑样式。

　　正阳门箭楼为砖砌堡垒式，重檐歇山顶、灰筒瓦绿琉璃剪边，四层共有 94 个孔，是专门用于对外射箭的。箭楼门洞是五伏五券拱券式，开在城台正中，这是内城其他八座箭楼所不能比肩的。正阳门是内城九门中唯一箭楼开门洞的城门，专供皇帝进出使用，平时都是封闭管理。百姓入城，都是从闸门入瓮城，然后进入城门的。

　　《宸垣识略》中记载："正阳门外门设而不开，惟大驾由之。月墙东西设二洞子门，为官民出入。"这段文字点明了正阳门四门的用途。从正阳门建城楼那天起，历经明、清两朝，都常年关闭，除天子出祭巡狩，正阳门终岁不启。其他任何人不准从正门出入，只能走东西两边的旁门。然而，皇帝要忙朝政，不可能经常出入，通常每年也就走两次，一次是冬季年终岁尾时，去天坛祭天祈福；一次是仲春亥日，去先农坛祭祀。

　　正阳桥是京城九门护城河桥中最大的一座石拱桥。在古代，古桥的两头一般都建有"桥牌楼"，但是正阳桥里面正对着箭楼，不能再建牌楼，所以正阳桥的桥牌楼只是一个，而不是一对。早期楼顶的样式为灰筒瓦、绿琉璃、剪边歇山顶，乾隆时期改为庑殿顶全

↑ 1870 年，正阳门西闸楼下，正阳门至宣武门间的内城城墙、护城河。

绿琉璃筒瓦，匾额上书"正阳桥"。

相传明清时期，在正阳门的建筑群中，原有一个巨大瓮城。南端呈弧形抹角，箭楼坐落在顶端，内有空场，围有城墙，四向均有门。箭楼上有一个神秘的门，当敌人攻进城的时候，有一个在上面吊着的门可以降下来，堵住出入口，这样一来，藏兵洞里的官兵跑出来，就能轻而易举地消灭敌人。

我国古典小说描写战争场面，遇有紧急情况时，守城部队要放下千斤闸，以断绝交通，保护城池。如今的正阳门箭楼，仍然保留有一座千斤闸。那是用厚木板包裹着铁板制成的千斤闸，悬挂在箭楼门洞拱顶上方的沟槽里，仅露出红色的底部。在箭楼大厅里，也还有两根用于升降千斤闸的绞盘立轴，立轴上还留有穿入绞杠用的方孔。

500 多年来，前门就这样矗立着。这座傲视群雄的城门，历经了时间的洗礼和世事的更迭，见证了北京城的发展、坎坷与辉煌。伫立于此，静默之下，依然能感觉到它历经岁月后的雄伟与挺拔。

清乾隆、道光年间，箭楼两度失火被毁。1900 年，八国联军入侵北京，英军在天坛架起大炮，轰塌了箭楼，前门外大栅栏被焚，也彻底烧毁了箭楼。当年冬季，在正阳门城楼上宿营的英属印度兵因取暖做饭，不慎引发火灾，城楼被毁。

1902 年元月初，逃亡西安避难的慈禧太后带着光绪皇帝返回北京，乘轿由前门回故宫。为了不让"老佛爷"伤心，顺天府尹事先清除了正阳门的断壁残垣，雇棚彩匠人用彩绸和木料，在光秃秃的城台上搭建了一座前门假牌楼。

1902 年，清廷筹划修复前门楼。因工部所藏的工程档案经兵火焚掠无存，工部只好参照与正阳门平行的崇文门和宣武门的样式，再将正阳门高度与宽度适当加大了一些。重建的正阳门城楼与箭楼于 1906 年竣工。这次重建后的楼高，与明正统年间修建的正阳门高度有很大差距。

1912 年 8 月 24 日，卸任中华民国临时大总统的孙中山从前门入城。1915 年前门经再次修葺后，成为北京重要的游览场所。1928 年，前门箭楼辟为国货陈列所，20 世纪 30 年代增设电影院。1949 年，艺人魏喜奎等组织大众游艺社在前门箭楼演出。1949 年 2 月 3 日，中国人民解放军从珠市口进入前门大街，在这里举行了盛大的入城式。

1960 年，北京修建地铁时，拆除了城楼和箭楼外的前门其他建筑。1976 年唐山大地震，前门箭楼严重受损，北京市文物主管部门对其进行全面大修。1989 年，前门箭楼再次修饰一新。

前门是中国最为高大的城门建筑。前门楼子有多高？长期以来，众说纷纭。2008 年，北京市古代建筑研究所对其进行实际测量得出最精确数据：正阳门城楼从室外地平线到门楼正脊上皮的通高是 43.65 米。正阳门箭楼通高是 35.37 米。它比北京其他城楼都高，且比天安门还高近 10 米。

威武的前门大街

正阳门、崇文门和宣武门，并称为北京"前三门"。旧时，因为交通便利，这些城门外便演化为繁华的商业区，尤其是正阳门外，更是商贾云集，酒馆、戏楼等遍地开花。于是，正阳门大街应运而生。1965 年，正阳门大街改名为前门大街。

民俗学者李正荣，用脚无数遍地丈量过前门大街。

李正荣在前门生活了近 70 年。他熟悉这里的每一寸土地，对前门大街的变迁如数家珍。他说，仅大街两侧，建筑面积就达 6.6 万平方米，有商户 180 多家。房屋错落有致，门面各式各样，招牌惹人注目。

从元、明、清到现当代，前门街区是北京城延续时间最长的历史文化街区，最具特色，最为繁荣，有"天街"之称。清初戏曲作家孔尚任曾歌咏道："前门辇路黄沙软。"宣统年间，有人描绘前门大街"绿杨垂柳马缨花"。马路两侧，红绿相映，往来行人，乐而忘倦。

这里是老北京的一张名片，浓缩了老北京的文化风貌，也见证了北京城不同历史时期的变迁与发展。在北京中轴线这条"龙脉"上，若将故宫比作龙之"心脏"，那么前门就是龙口里的明珠。前门大街以街中心分界，以东属正东坊，以西属正西坊。又因正阳门是京师正门，故前门大街一带比其他城门大街都要宽。

据《北京史苑》记载，辛亥革命后，王府井大街、西单北大街、正阳门大街为北京最著名的三大商业街。正阳门大街路窄店多，经营范围涉足面广，老字号、戏园子林立，达官显贵与贩夫走卒混杂、融合，形成了独特的商业气候和市井文化。

漫步前门大街，立即会陶醉于历史与现代交织的气息之中。大街上，热闹的特色店铺，规整的京味民居，铛铛车悠然驶过，三里河小桥流水，留住了光阴和乡愁。

这里有着众多的老字号餐馆、店铺，有纯正的老北京味道，同时还汇集着各地的小吃。行走于此，逛街购物，享用美食，乐此不疲。随手拿起手机，对着眼前的老建筑、老招牌、老牌坊和红灯笼，拍上几张照片，京城的腔调和韵味跃然纸上。

雍正七年（1729年）就有关于从天桥至永定门修建石路的明确记载。从正阳桥向南，路中央为石板，两侧为土路，石板路或许就是当年的御道。

史学家认为，明清时期的这条石板路，虽然包含了御道功能，但并不完全都是御道。这就造就了这条道路文化表象的多重性：石板路上有着皇家的威严，沿街两侧又有极具烟火气的众多商铺。而这里的居住者，多是一些达官贵人和商贾富人。皇家、官商与百姓，多种气息在这里汇合，多种理念、元素在这里交融，构成了别样的生动局面。

元代通惠河开凿，河水经积水潭沿今天安门东向东南流去。明

① 漫步前门大街，立即会陶醉于历史与现代交织的气息之中。摄影 / 原瑞伦

成祖迁都北京后，疏浚运河，整修驿道，京杭大运河的码头，也从城内的积水潭移到了城东南角楼处的大通桥，前门成了人们出城往南方去的主要通道。江浙一带来北京赶考、赴任、经商、旅行的人们，乘船来北京，第一眼看到的就是大前门。许多商贩将货物运到正阳门外东便门一带，在这里搭屋建棚，以物易物做起了买卖，逐渐形成了市场。

明嘉靖年间，社会稳定，商业的种子迅速发芽、生长。由于城池的南移，经大运河北上的货物到达通州张家湾码头，大运河的终点码头也由积水潭移至东便门外大通桥下，在前门外集散，形成新的物流中心。没几年，发达的漕运就把前门变成了一个繁荣的集贸市场。

前门一带的席棚房，逐渐改建成砖木结构的正式房，形成了东、西侧房后有里街的三条街。东侧里街为肉市街、布巷子、果子市，西侧里街为珠宝市、粮食市。正阳门周围以及南至鲜鱼口、廊房胡同一带，商贾来往，热闹非凡，成为北京最繁华的商业聚集地。

从最初的山东人，到后来的山西人，前门的商人几经流变，成为各个时代的剪影。那时的岁月，前门大街及天桥一代热闹非凡，几乎是当时北京市民的乐园，无论是平头百姓，抑或官绅胥吏，有事没事都要来这里逛一逛。

翻阅老正阳门大街那些斑驳而珍贵的照片，随着影像穿越到前门，看曾经的车水马龙景致，瓜皮帽、长辫子，人流涌动；老字号、新商铺，招牌幌子耀眼；顾客盈门，跑堂伙计的吆喝声不绝于耳。

明清的吏、户、礼、兵、刑、工六大部，设在前门内的东西两侧。外省进京述职、办事的官员都住在前门外的会馆。每逢科举考试、乡试和会试时，前门各个会馆、饭馆里都人满为患。这些旅馆既有单纯住人的，也有既能住人又能存货的客栈和货栈，而它们的前身大多是早期的会馆。这一时期，前门地区的会馆多达 140 家。

诸多来京办事的官员、外埠经商者和应考者，长时间住在前门各会馆，在前门一带购物消费，或购买生活用品，或饮酒作乐，极大地促进了前门经济的繁荣发展。

清兵入关占领北京后，清廷为了维护皇权的尊严，下令将内城的汉族百姓一律强制迁往南城，下令内城民宅、商号，也一律迁往南城，商户免税三年。前门属于南城，又是离紫禁城最近的地方，于是一夜间热闹起来。大街两侧陆续形成了许多专业集市，如鲜鱼市、肉市街、果子市、布巷子、草市、猪市、粮食市、珠宝市、瓜子市等。这些地名一听就特别接地气，好像被炊烟熏过、井水泡过，有的碧绿带着露珠，有的斑斓带着色彩，有的香甜，有的咸鲜。周围的各条胡同内，也随之出现许多工匠作坊、货栈、车马店、旅店、会馆和戏园。掌柜的、跑腿的、采买的、闲逛的、看热闹的人摩肩接踵，戏园子的京胡和着此起彼伏的喧哗声，格外鲜亮激越。

康熙年间，清廷下达"内城逼近宫阙，禁止开设戏园、会馆、青楼"的禁令，所有这些行业也都慢慢集中在前门外及西城地区。

前门商业的繁荣，尤其是茶楼酒肆的兴旺，导致添欢凑趣的戏曲演唱成为日常行为，进而升级为都市娱乐生活的重要内容。大栅栏以南有名的"八大胡同"，便是青楼集中之地。戏园子也多数设在了前门外，大栅栏的戏园子，更是一家挨着一家。

前门是进入北京内城最主要的城门。前门一带的繁华，是京城其他地方所不能相比的。到1890年，前门商业街已经形成规模，大街上出现黄包车、自行车、洋式马车等较现代的交通工具。众多老字号店铺，在这里问世、繁荣、延续。

清朝俞清源在《春明丛谈》中描绘道："珠市当正阳门之冲，前后左右计二三里，皆殷商巨贾，前门大街设市开廛。凡金银珠宝以及食货如山积，酒榭歌楼，欢呼酣饮，恒日暮不休。"当年盛况，可见一斑。

随着京奉铁路、京汉铁路的开通，火车开进北京城，在前门箭楼东、西两侧建立起了"京奉铁路正阳门东车站"和"京汉铁路正阳门西车站"。正阳门大街立刻成为北京同各地联系的交通枢纽，大量洋货涌入北京，前门商业红极一时，直接导致了周边地区金融、旅馆、餐饮、货栈的兴起。

民国时期，前门地区旅馆业的发达，与前门两座火车站的建立是密不可分的。这些旅馆的前身大多是明清时期的会馆。随着科举制度的废除，尤其是国民政府南迁以及北平沦陷，加之战事频繁，前门的许多会馆已是奄奄一息。其中一部分就转为旅馆、客货栈以维持生计了。

前门街区的繁盛，带动了周边胡同的经济发展。经过数百年的发展，前门一带最终形成一个以正阳门大街为中心，旁及两厢胡同的商业街区。到 20 世纪 50 年代初，前门地区共有私营商业基本户800 余家。

到 20 世纪八九十年代，前门在北京商业街的地位已经边缘化，萧条、拥挤、混乱是那里的代名词。这时一些老北京小吃却在胡同里顽强地扎根下来。爆肚冯、小肠陈、羊头李等小吃，成为很多老北京人对昔日前门的真切回忆。

20 世纪末及 21 世纪初，是前门文化保护与发展的探索期和徘徊期。其中有改革大潮冲击下的阵痛，也有对前门文化传承发展的忧虑与担心，这些影响了前门经济、文化的健康发展。

前门大街期待着大发展、大繁荣。

大栅栏商业街

老北京人习惯把大栅栏也叫前门。

严格意义来说，前门的概念就是一个区域，包括前门东边的打磨厂街、大江胡同、鲜鱼口，西边的西河沿街、廊房头条、廊房二条、廊房三条、大栅栏、煤市街和"八大胡同"。其中，大栅栏最为出名。老北京有句俗话："头顶马聚源，身穿瑞蚨祥，脚踏内联升。"

里面提到的都是大栅栏的著名商铺。

大栅栏，老北京人叫"大拾烂儿"。

在外地人的印象中，大栅栏一带的胡同是最密集、最繁华的，但也是最杂乱、最古旧的。古老与现代，竟然挤在一起相安无事，营造出一种独特的都市融合气氛。好奇、欣喜的游客，进瑞蚨祥，出全聚德，像鱼群一样在大栅栏胡同里游来游去。

大栅栏地处天安门广场以南，前门大街西侧，东起前门大街，西抵煤市街，全长近 300 米。街道狭窄，两侧店铺、商号鳞次栉比，人潮涌动，好不热闹。老北京有许多顺口溜都与大栅栏有关，如"看玩意上天桥，买东西到大栅栏""繁华市井何处有，大栅栏内去转悠"等，说的都是大栅栏的兴盛景象。

漫步在如今的大栅栏，"修旧如旧"的百年老店随处可见，红窗灰瓦，错落有致，古香古色，体现着传统的中式建筑风格。新的仿古式建筑，则统一为朱红窗阁牌楼、青砖灰瓦白线墙装点，规范牌匾，特色经营。

早在明永乐年间，因为战乱多年，皇宫外的前门一带居民稀少，商业萧条，永乐帝下旨"在皇城四门、钟鼓楼等处，各盖铺房……招商居货，总谓之廊房"。"廊房"就是临街的铺面房，由官府出资兴建，招租给商民开店铺。很快，一些商人就住进了廊房，前店后厂，做起了生意。这些廊房按修建的时间顺序，分别为廊房头条、廊房二条、廊房三条和廊房四条。

明弘治元年（1488年），为维护社会治安，夜间实行宵禁。北京城内大街曲巷开始设立木栅栏，并派士兵把守，早晚定时开关，以防盗贼。栅栏为朝廷批准，由所在地点居民出资购置材料、雇用工匠修建。此后，历朝历代都在北京胡同内兴建栅栏。

据清代《钦定令典事例》记载，雍正七年（1729年），批准外城建栅栏440座；乾隆十八年（1753年），批准内城建栅栏1919座，皇城内建栅栏196座。其中廊房四条的商铺比较多，集资到的钱也多，栅栏修得自然比别的地方高大一些。久而久之，人们习惯称这条街为"大栅栏"。

乾隆十五年（1750年）绘制的《乾隆京城全图》上出现了"大栅栏"的街名，大栅栏自此由民间俗称转为了官方的正式认定。

到清朝末年，北京内外城有1000多条胡同内设置了栅栏。栅栏有木制有铁制，圈起来就是一方净土，夜里有更夫敲梆子打更，确保一方平安。

平日里，大栅栏原本就摩肩接踵的热闹，一到农历正月十五，大栅栏的花灯更是轰动京城。《帝京岁时纪胜》上记载："十四至十六日，朝服三天，庆贺上元佳节。……悬灯胜处，则正阳门之东月城下、打磨厂、西河沿、廊房巷、大栅栏为最。"当时有人编了首大栅栏的逛灯歌："正月十五闹花灯，大栅栏里好热闹，全城男女老少都来把花灯瞧。长盛魁的冰灯明又亮，玉兔像卧又像跑。聚庆斋的《聊斋演义》画得好，祥义绸缎店铁门上全是灯，瑞蚨祥要同祥义比高低……"

1900年，一把大火烧了前门专卖洋药的老德记药房。火势蔓延，烧毁了街道，前门一带的木质栅栏荡然无存。

不久，大栅栏得以重建，保留了明末清初的"三纵九横"的格局，"三纵"指的是煤市街、珠宝市街及粮食店街；"九横"指的是大栅栏的九条东西向的胡同。随着前门东西两个火车站的建成，这里更加红火了。为了防火，有些重要地段采用了铁栅栏。在清朝末年德国人拍摄的大栅栏照片上：街口一个大大的铁栅门，上面镶嵌着三个字"大栅栏"。

直到1922年，大栅栏街的栅栏还存在。当时在大栅栏经营的商家们为保护自己的利益，出钱雇镖局镇守，用现在的话讲就是"花钱买平安"。

大栅栏是京城文化的起源、缩影和精华。一些著名的老字号相继开设于此，保留了历史延续最长的城市肌理及街区风貌。老北京百年来流传着这样一个购物口诀："买鞋内联升，买帽马聚源，买布瑞蚨祥，买表亨得利，买茶张一元，买咸菜要去六必居，买点心还得正明斋，立体电影只有大观楼，针头线脑最好长和厚。"而这些老字号，无一例外都汇集在了大栅栏这块"风水宝地"。北京绸布业的"八大祥"，其中有六家在大栅栏。

这里曾戏院林立，会馆云集，大师众多。达官显贵、市井百姓和文化人士都热衷于聚集于此。这里是北京最早的金融街，拥有珠宝市炉房，钱市胡同和施家胡同银号一条街，西河沿银行、镖局等完整的金融产业链条。

清末民初，大栅栏就有店铺 80 余家，而且老铺名家众多。1919 年，据京师总商会统计，大栅栏地区共有 31 个行业 4495 家店铺。旧时曾有"京师之精华尽在于此，热闹繁华，亦莫过于此"之称。

值得一提的是，北京的胡同大都四平八稳，少有斜街。但从前门大街到大栅栏，一直向西穿过煤市街，这一路都基本上是西南至东北走向的斜街。相传，当年蒙古军队攻破金中都之后，对这座金国的都城进行了毁灭性破坏。但不久他们就后悔了，因为他们原有的都城不可能作为首都，而定都北京是一个好的选择。

一张白纸好画最新最美的图画。很快，一座当时的超大规模都城——元大都，在原金中都东北方向拔地而起。当时破旧的金中都内，还居住着许多百姓，他们若想去元大都，必须从原金中都东北门施仁门斜穿到元大都正南门丽正门（即今天的正阳门）。于是，就形成了众多大道和斜街。

2011 年，大栅栏被授予全国首个"中华老字号集聚区"的称号。

鲜鱼口的味道

鲜鱼口胡同在前门大街东侧，与大栅栏正对面，为东西走向，东至前门东路与西兴隆街相接，西至前门大街，是一条长不过 250

米、宽不足 5 米的小胡同。其规模、名声都赶不上大栅栏，但历史要比大栅栏早很多。

从前门大街进口，一直到东口崇文门大街，传说是"门到门，三华里"。前门大街、鲜鱼口、大栅栏，共同构成了老北京南城的传统商业街区。这里买卖多，客人也多，是相当繁华的地界儿。

步入鲜鱼口，可见街口的一组雕塑。从装束看，雕塑为清末时的人物，面前放着一副担子，显然是做买卖的。仔细看一下，挑子里摆着一条条活蹦乱跳的鲜鱼。这就是"鲜鱼口"的标志性雕塑了。

鲜鱼口有个动人的传说：一位老人从这里买了一条活鲤鱼，回到家放到盆里，想着第二天为家人做一道红烧鱼。突然，他发现这条鲤鱼变得全身通红，摇头摆尾非常好看，便不舍得吃了。第二天一早，盆里的鱼不见了，却堆满了明晃晃的金子。老人家喜出望外，为了答谢鲤鱼，他每天都到鲜鱼口买一条活鱼，再拿回去放生。

鲜鱼口成市于明正统年间，距今已有 570 多年历史。最初这个地方叫"线市口"，是卖针头线脑的地方。因为来买针线的都是小媳妇、老太太，一些商人看到了商机，就把菜摊、肉摊也摆了进来。妇人们买了针线，正好捎带着买点肉和菜回去。那时，前门的漕运码头与大运河连着，来这里卖鲜鱼的鱼贩也多，后来这里干脆改为"鲜鱼口"了。

鲜鱼的味道，自然是鲜美的。这也许正是鲜鱼口美食街源由。

不管是"线市口"，还是"鲜鱼口"，这里曾经因水而旺是不争的事实。不远处的三里河、水道子、河泊场等地名，都可以作证。至于鲜鱼口没水了，没鱼了，这是后话。有水的地方，都曾经是兴旺之地。

到了清末光绪、宣统年间，前门漕运干涸，河道上盖起了许多民房与商铺，慢慢趋向于商业化。昔日的鲜鱼口，成就了美食街。有一副北京地名对联这样写道：花市草桥鲜鱼口，牛街马甸大羊坊。道出了鲜鱼口的悠久历史。可见，鲜鱼口是条名巷。

眼前的鲜鱼口，也就是一条小胡同。红体金鳞的鱼形花门，水纹鱼鳞状路面，井盖上的群鱼戏水图案，路灯杆上印满小鱼的灯罩……这里的砖雕、井盖、牌匾均以"鱼"为主题。随处可见"鱼"的元素，形象、生动、有趣。

这里汇集了北京老字号的餐馆、戏园、茶楼和手工艺作坊等，是北京民俗商业的代表街巷。据老北京人讲，在20世纪四五十年代，鲜鱼口商铺林立，人来人往，吃的、玩的应有尽有……热闹非凡，甚至一度胜过大栅栏。坐落于此的天乐园大戏楼，享誉海内外，源于梅兰芳先生曾经在这个舞台演出了四年之久。

鲜鱼口，是前门唯一的以吃为主的商业街。清一色的小体量、小开间的历史风貌店铺。店铺的主题大都与吃有关，区别只是在店里吃还是在街上吃。这里聚集着便宜坊、天兴居、稻香村、锦芳小吃、天源酱园、炸糕辛、金糕张、锅贴王、都一处等著名老字号小吃。

天兴居包子、炒肝的老字号味道，很馋人。每天有很多人排长

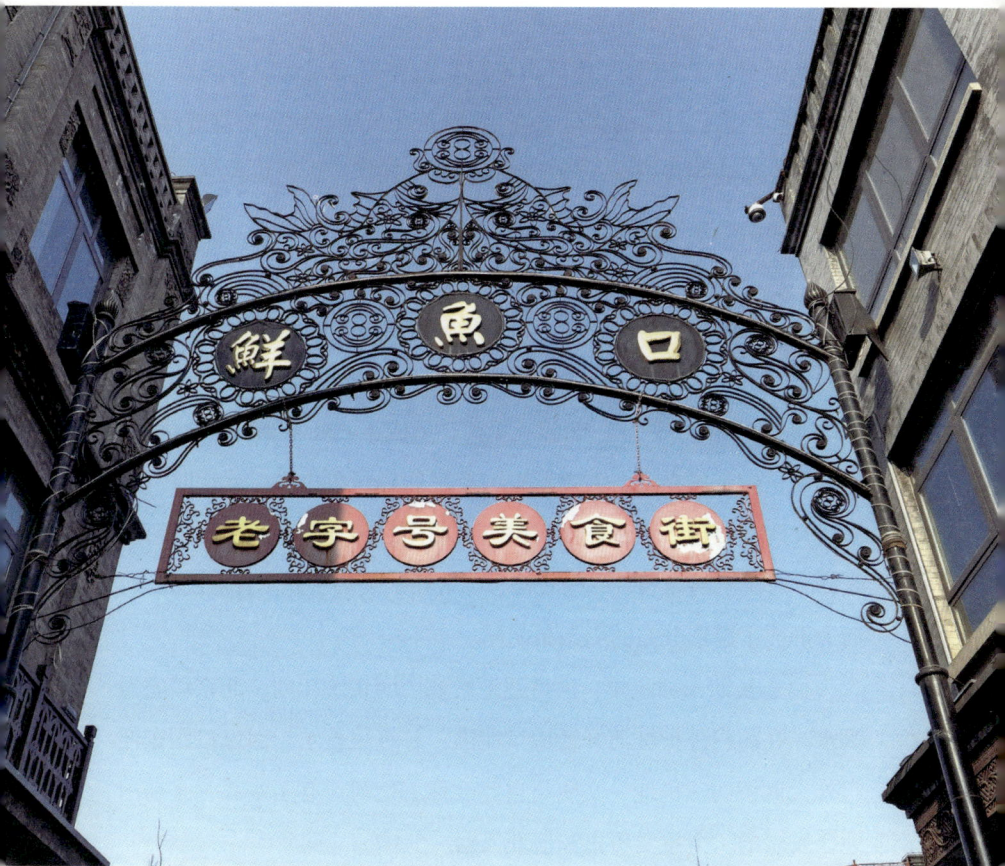

⤒鲜鱼口，是前门唯一的以吃为主的商业街。

队，是鲜鱼口的一道风景。

2005年，政府对鲜鱼口街进行了整体修缮。老字号牌匾、抱柱楹联和景泰蓝材质的文化志牌，将整条街区装点得愈发古朴雅致。颇有历史感的各式招幌，颜色鲜亮，迎风摇摆。古色古香的建筑风格，突显出民族风格、历史文化、北京特色。

从鲜鱼口往东，过了前门东街，就是明代三里河故道。它与鲜鱼口相连，而且都与水有关，自然延伸着鲜鱼口的风景。

北京有两个三里河，为了与西城的三里河相区别，就在此三里河前加上"前门"两字。前门三里河，形成于600多年前。金代时，这一带是中都城东郊，人迹罕至，有虎豹等野兽出没。元代时，这里叫文明河，位于大都城丽正门与文明门之间。明代时，这里河道纵横，居民沿河而居，一些戏楼、会馆开始聚集于此。有水便有人，河边形成了扇形分布的一条条胡同。

由于长期未加疏浚，河道逐渐淤塞。明正统年间，北京城遭遇洪水，在前门外护城河开通壕口泄洪，并筑坝蓄水。因壕口距东便门外大通桥约三里地，文明河自此改称三里河。有了水系，是前门地区发展的一个重要历史和地理依据。

三里河修通以后，畅通了人流。正阳门、崇文门两座城门外的商业区和居民区，由此不断扩大、发展。到了明正德、嘉靖年间，三里河西侧已成了京城最繁华的商业区，出现了猪（珠）市口、鲜鱼口、粮食街、煤市等集市。很快，三里河东侧也成了人烟稠密的居民区。

在明万历年间的老地图上，三里河由前门外东护城河壕口引出，向东南蜿蜒而下，经北深沟、南深沟、草厂九条、薛家湾，在南北桥湾与金口河旧渠相接，全长三华里。然后，流经打磨厂、长巷头条西，穿芦草园、北桥湾、南桥湾、金鱼池、红桥，进入左安门护城河。

沧海变桑田，古河成街巷。清代初期，三里河部分河道被填平，附近居民便沿河道故址建房，逐渐形成多条街巷，其名称多与三里河有关。到清末时，三里河南段尚遗存部分狭窄的河道。宣统年间，金鱼池以北三里河的水已干涸。进入民国时期，只留下一段很窄的水道，上面架有简易木桥，两侧逐渐成了垃圾场。老舍笔下的《龙须沟》写的就是三里河的这段河道，一条只有两三米宽的臭水沟。

20 世纪 50 年代初，国家开始对前门三里河进行治理，将臭水沟改为地下暗沟，从此三里河遗存的部分河道完全消失。北京地图上标注的打磨厂、长巷头条、芦草园、北桥湾、南桥湾、金鱼池、红桥等古老的街巷名称，大致勾勒出古三里河的基本走向，而河道遗存物已很少见了。

2016 年 8 月，三里河绿化景观项目动工，至 2017 年 4 月竣工。北起西打磨厂街，南至茶食街，西起前门东路，东至长巷二条、正义路南延，总长约 900 米。改造工程注重恢复河床自然形态，依据四合院落的平面走向，原汁原味还原了自然水系，突出了历史、人文、生态、艺术特点，形成了特有的自然肌理与清新朴素的风格。令人赞叹的是，运用雨洪调蓄系统构建起绿色生态环境，再现了"水穿街巷、庭院人家"的江南水乡式风景。曲折蜿蜒的河流，老树新绿的两岸，清澈见底，花团锦簇。灰色的胡同、四合院，青砖灰瓦，清幽宁静。石板路、木栈道，交错延伸。荷花池、石桥、廊亭、水榭，相映成趣。漫步于此，流连忘返，好一幅悠闲的市井生活画卷。

"老字号"的辉煌

如果有人问北京老字号最为集中的地段是哪儿？恐怕莫过于前门大街、大栅栏一带。前门老字号就是一张老北京市井风情画，见证了老北京乃至近代中国的生活景致。

很早以来，"逛前门"都是老北京人经济文化活动中的重要内容。无论是王公贵族还是布衣百姓，都习惯于到前门大街的商市添衣置物、娱乐消遣。说是买东西，倒不如说是寻找乐趣，这成为老北京人的文化记忆。

一路走来，前门大街两边的百年老店比比皆是。六必居酱园、同仁堂药店、瑞蚨祥绸布店、会仙居炒肝店、全聚德烤鸭店、长春堂药店、内联升鞋店、张一元茶庄，还有月盛斋酱肉店、都一处烧麦馆、天蕙斋鼻烟店等数十处老字号，大名鼎鼎，让人目不暇接。

这些经久不衰的老字号，都有上百年历史，汇聚着我国古老的商业文化精髓。店铺古老，不过三层，招牌讲究，价廉物美，不断撩惹起游人对老北京的向往，默默地讲述着过往的故事。一种商贸景观，一种文化传承，一道亮丽独特的风景。

大约在明朝永乐年间，前门开始陆续聚集起一些会念经的"外来和尚"。他们分工明确，各有绝活。山西人做钱庄，山东人做绸缎铺、大饭馆，安徽人卖茶叶、笔墨，宁波人做药业，广东人卖洋杂货，而京津本地商人，则多做玉器、古玩、首饰等行当。

经过一代又一代商人的努力，一些店铺在发展过程中，逐渐形成了自己独特的经营理念，优质产品被人传颂，成就了一种"品牌"，这就是前门大街的老字号。

清光绪十九年（1893 年），山东章丘人孟雒川出资，在大栅栏开起了瑞蚨祥绸布店。牌匾是清末翰林李林庠所书。瑞蚨祥主要经营绸缎、呢绒、棉布、皮货、旗袍等，具有个性化制衣的传统特色。店员买绸布时，量尺时有意不拉直布料，最后还要放出寸许，足见店家的"实诚"。

凭着诚信经营，瑞蚨祥开业不久就占据了北京绸布业的榜首。大栅栏大火后，孟家没有气馁，不到一年的时间就重开了瑞蚨祥，还开设了"鸿记洋布店""鸿记皮货店""东鸿记茶叶店"等多家商店，几乎占了大栅栏半条街。新中国成立时，开国大典上徐徐升起的第一面五星红旗就是用瑞蚨祥提供的红缎子面料制作的。瑞蚨祥店堂至今保存完好，是大栅栏唯一保持老字号原貌的店堂，被列

摄影／原瑞伦

为北京市文物保护单位。

瑞蚨祥的近邻是祥义号，两家商号比肩而立。清光绪二十二年（1896 年），世代经营丝绸的浙商冯保义与太监大总管"小德张"的张祥斋合资，在大栅栏街 8 号开设祥义号绸缎庄。祥义号以丝绸制衣起家，因创办人身份显赫，制衣业务深入清朝内宫。慈禧太后的寿服、宫内自用的宫服和戏服、大臣们的朝服等，皆经此定制。因做工精美，质量上乘，口口相传，京城的达官显贵都以在此做服装为荣。

因"小德张"从中牵线说项，慈禧遂同意由宫内绸缎贡品折合银两作为加工宫服的费用。由此，祥义号开始对外经营宫内的贡品绸缎，把皇室的丝绸用品引入民间，广受欢迎。大栅栏大火后，祥义号迁址大栅栏 1 号，从此享有大栅栏绸缎"第一号"之誉。

"不到长城非好汉，不吃烤鸭真遗憾。"这句打油诗，让全聚德成为北京的象征，中华民族饮食文化中一颗璀璨的明珠。有诗为证：一炉百年火，铸成全聚德。

全聚德创建于同治三年（1864 年），由杨全仁在前门外肉市街创立。其店名包含了"全而无缺，聚而不散，仁德至上"之意。经过 150 多年的经营发展，形成了集"全鸭席"和 400 多道特色菜品于一体的全聚德菜系，为清朝历代帝王所喜爱。全聚德"全鸭席"被选为国宴，接待过许多国家元首、政府使节、社会名流，被誉为"中华第一吃"，享誉海内外。

摄影 / 原瑞伦

　　元朝时期，一家姓马的人家来到京城，经营香料生意。直至清乾隆年间，一个偶然的机会，其后人马庆瑞偶然进了礼部做供桌，他暗中观察御膳房师傅如何做酱羊肉，遂也如法炮制，没想却广受好评。马庆瑞便买下户部街上一间店面，取名"月盛斋马家老铺"。

　　当时，前门外的荷包巷子是最繁华的商业区。马庆瑞托人在这里找了块一米见方的小地方，天天推着小车来卖酱羊肉。到了光绪年间，月盛斋达到了事业的巅峰。慈禧最爱吃月盛斋的酱羊肉，每晚夜宵都要吃一小盘，故特赐了腰牌，让马家把肉直接送进宫内。每当慈禧游昆明湖时，后面常拴两只小船，一条是御膳房，一条是马家老铺。因朝廷是马家最大客户，故此月盛斋虽然不是官家，却比官家还要硬。

　　民国时期，以卖酱羊肉著名的"月盛斋"也迁到前门大街。日军侵华，北京沦陷，日军一进城，月盛斋就支撑不下去了。新中国成立后，月盛斋改为国营。第五代传人马林力被评为一级技师，在国营月盛斋上班，直至 1965 年退休。

　　康熙八年（1669 年），宁波"铃医"出身的乐家后人乐尊育，在京城太医院做了个小官。其子乐梧岗走仕途不成，只好子承父业，在大栅栏开了同仁堂药铺，自产自销。雍正元年（1723 年），同仁堂翻身成了宫里御药房的供应商，开始供奉御药，历经八代皇帝，共计 188 年。当年有诗曰："都门药铺数同仁，丸散人人道逼真，纵有齐黄难别味，笑他若个述通神。"

摄影 / 原瑞伦

同仁堂有了皇家作靠山，社会声望和身价都倍涨，老百姓认为它是给皇家做药的，便都认这个牌子。同仁堂生产的各种中成药以"处方独特，选料上乘，工艺精湛，疗效显著"而享誉海内外。特别是牛黄清心丸、活络丹、苏合香丸等，更为患者所信赖。慈禧太后当政后，认为同仁堂的药好，曾令其代制宫内服用的成药，同仁堂因此有机会获得更多宫廷秘方。后来清朝覆灭，还欠了同仁堂一堆债务。

都一处创业于乾隆三年（1738年），起初叫"王记酒铺"，由山西人王瑞福创办。乾隆十七年（1752年），乾隆皇帝下通州私访，回京时，在前门下船。这天是农历大年三十，天色已很晚，众多店铺已关门上板，只有王记酒铺还在营业。乾隆不由生出几分感慨："这个时候还开门营业，京都只有你们这一处了，就叫'都一处'吧。"乾隆皇帝吃了一碗烧卖，连声说"好吃"。不几天，宫里就送来了御笔"都一处"的虎头匾。

明朝嘉靖九年（1515年），山西临汾西杜村人赵存仁、赵存义兄弟，来到北京前门开了一家小店铺，专卖柴米油盐酱醋。因为不卖茶，起名"六必居"。《燕京杂记》称："六必居"相传为严嵩所书，端正秀劲，不类其人。

六必居酱园坐落在前门粮食店街3号，至今有500多年的历史，是京城历史最悠久最负盛名的老字号之一。其酱菜色泽鲜亮、脆嫩醇香、酱味浓郁，既是寻常百姓家中的佐餐小菜，也能端上国宴成为名小菜之一。制作上，六必居从毛料上就严格把关。如黄瓜，不

摄影 / 原瑞伦

⊕ 都一处创业于乾隆三年(1738 年),起初叫"王记酒铺",由山西人王瑞福创办。
摄影 / 原瑞伦

⊕ 六必居酱园坐落在前门粮食店街 3 号，至今有 500 多年的历史，是京城历史最悠久最负盛名的老字号之一。摄影 / 原瑞伦

但要求条顺，还要顶花带刺，个头四至六条一斤；小酱萝卜也要求四至六条一斤。现在不少传统名牌酱菜，还制成罐头，远销国外。

当年为了方便送货进宫，清朝廷还赐给六必居一顶红缨帽和一件黄马褂。抗战时期，蒋介石在南京请客设宴，点名要上北京前门"六必居"的酱菜，可见六必居酱菜名声之大。20世纪六七十年代，六必居老牌匾被定为"四旧"摘掉，改名为"红旗酱菜门市部"。直到1972年，日本前首相田中角荣访华，日本代表团提出要到六必居参观，在周总理的直接关怀下，才恢复六必居商号，重新挂上老牌匾。

老北京有句民间俗语："脚下无鞋穷半截。"北京人对穿鞋特别讲究，什么身份、什么场合穿什么鞋，容不得半点马虎。步瀛斋鞋店，始创于清咸丰八年（1858年），由在朝做官的李姓人士所建，坐落在北京前门外大栅栏商业街。

步瀛斋以制作布鞋为主，前店后厂，服务对象主要是当朝官员和上流社会的达官显贵。"千层底"布鞋是步瀛斋的传统产品，不仅用料上乘，且做工精细，鞋底以人工一针一针地纳，每平方寸要纳80～100针，且要横平竖直。这样加工出来的"千层底"，不走样、不变形，穿着吸汗、柔软、舒适，深受消费者的青睐。

细读"步瀛斋"字号，充满着"生意兴隆通四海"的气魄和浓厚的书香气息。其实，大凡在前门大街经营的老字号，其招牌都有着深刻的内涵和寓意。

前门楼前进行曲

对于老北京人来说，当年从城外到城内，穿过前门确实是一件非常麻烦的事。

前门箭楼下的正门终年不开，只有皇帝出入时才开启。平时车马行人只能从瓮城两侧的闸门进出，而闸门是"向夕即闭"。闸门关闭后，无论多么紧急的事，也要等到第二天开城门才能出入。前门进出难，还有一个重要原因是，这里商业中心和交通枢纽交叉并存，人流聚集，拥挤、喧闹、嘈杂，时常导致交通瘫痪。

早在明末清初，前门外就形成了一个商业区。1901 年以后，京奉铁路、京汉铁路在此建立了两个火车站，前门一带更是车水马龙、热闹非凡。商铺、客栈、银号如雨后春笋般冒了出来，一跃成为京城的商业中心、金融中心和交通中心。

那时的北京，火车是最为时尚、便捷的交通工具。前门地区乃至整个北京的繁荣发达，就是靠着前门的两座火车站。

明朝时期，京杭大运河一度通到前门，码头就在后来火车站的位置，才有了前门大街、大栅栏、鲜鱼口、西河沿、三里河一带的繁荣。这几个地名都和水有关，可见当初的繁华是依赖于运河码头的。码头没有了，前门的再次繁荣，靠的就是火车站的开通。当时前门西打磨厂、西河沿一带，旅馆、饭馆、货栈多如牛毛，来往的客人极多，想不繁荣都不行。

火车开到前门楼，带来了巨大的人流、物流，马车、人力车等交通工具蜂拥而上。前门楼周边的交通量剧增，交通压力巨大，经常发生拥堵，有时甚至会堵到深夜。无论是从箭楼还是从东西闸楼入城，最终都要进入前门楼，一个门洞面对三个方向的人流、车流，显然是不堪重负，而且瓮城的存在本身就让很多往来之人"绕道而行"，大大降低了通行能力。据记载，当年老百姓去中央公园参加聚会，通过前门城楼就得花一个多小时。

前门的瓮城城墙和东西两侧的两座闸楼，成为前门交通的最大障碍。

1915 年，时任北洋政府内务总长兼北京市政督办朱启钤向大总统袁世凯递交了《修改京师前三门城垣工程呈文》，提出对前门楼周边交通进行大规模改造的建议。经批复后，朱启钤破例聘请德国建筑师罗斯凯格尔制订了改造设计方案。

这年 6 月 16 日，朱启钤主持了前门瓮城改造的开工典礼。改造工程首先是将瓮城拆除，露出箭楼和城楼之间开阔的广场。瓮城内外，除关帝庙和观音庙以外，其他建筑一律拆除。之后，在前门城楼东西两侧，打开两个门洞，东门洞直通户部街，西门洞通往西皮市。在瓮城的外侧还修筑了两条宽阔的马路，增加了四条环绕箭楼直抵前门大街的车道，立刻缓解了前门两座火车站外拥挤的交通。

拆除瓮城后，在独立出来的正阳门箭楼北侧，罗斯凯格尔设计了一个"之"字形登城梯道，同时还依照当时流行的"洋风"装饰了正阳门箭楼。首先是城台周边增建了一圈"挑台"，并在箭窗上添加了西洋式的窗檐。为防止城台两侧拆去瓮城后的断面显得过于光秃，还专门设计了"绶带悬章"式的装饰弧线。

与此同时，对前门城楼等古建筑进行了改造、修缮和美化。在箭楼增设混凝土仿汉白玉护栏，在箭楼两侧添砌南北向新墙二面，全用旧砖砌筑，并在其东、西新墙增设欧式浮雕各一尊，箭楼东西两面增筑悬空月台两座。

这种洋为中用的改造，让前门箭楼有了一些西洋元素，呈现出一种多文化的杂糅效果，成为一个中西结合的"混血"产物。大前门香烟的烟标，就是罗斯凯格尔改建正阳门箭楼的外观图。久而久之，这些欧式建筑装饰，与古老的城楼融为一体，成就了一种永恒。

诚然，也有人对前门这种改造风格持反对态度。他叫喜仁龙，是20世纪欧美中国艺术史研究的先驱，瑞典斯德哥尔摩大学艺术史教授，一位具有国际声望的意大利文艺复兴艺术研究学者。他是一个"中国文化通"，研究范围涉及中国的建筑、雕塑、园林、绘画乃至城市规划等多个领域，从理论到作品，从鉴赏到收藏，都有卓越贡献。喜仁龙认为，"从任何角度看，这座城门无疑都是令人失望的"，"箭楼的改建可以说是最糟糕的，并很难找到这样做的实际意义或缘由"。然而，这只是一家之言。当生米做成熟饭后，喜仁龙的意见只能是"马后炮"了。

前门地区的改造，便利了城市交通，缓解了火车开进后造成的拥塞，使北京的城市功能和结构发生了重大变化。加之清末民初近代市政工程及公用设施的出现，封建禁地的开放，新类型西洋建筑的兴建，促使古都北京步入了近代化的历程。

改造工程历时半年，于当年年底完工。前门地区改造后，百姓拍手称快。时有《京华百二竹枝词》曰："人马纷纷不可论，插车每易见前门。而今出入东西畔，鱼贯行来妙莫言。"

90 年过去了，弹指一挥间。

2005 年，2008 年北京奥运会在即，前门大街及其毗邻街区全面修缮、整治和美化工程迫在眉睫，提到了政府的议事日程。前门老街的景观提升改造，关乎北京形象，乃至中国形象。

自 20 世纪 60 年代之后，前门大街上的店铺经过了多次拆改重建，原有历史建筑也因年久失修毁坏严重，历史风貌几近丧失，只能按照民国初年的老照片进行修缮。整个前门大街除了全聚德烤鸭店没有被拆外，整条大街全部给拆掉了，包括前门大街东边的胡同也没能幸免。青白两色条石铺就的路面，自然少了过去的凹凸。两侧的房屋，灰砖墙面居多，一副全新的姿态。

2008 年 8 月 7 日，改造后的前门大街正式开街。修缮后的前门大街恢复了清末民初时期的建筑风貌，与前门老火车站这座造型独特、充满异国情调的西洋式建筑，形成中西建筑风格的鲜明对照，使这一地区的景观更具特色。作为天安门广场周边唯一的商业街区，前门大街具有其他地方不可企及的商业和文化价值。

这次前门改造工程，实施了前门东侧道路的拆迁建设，完成正义路南延、西打磨厂街、西河沿等市政道路的规划。由此，前门商业街不再允许通车，改为步行街，只有老北京的铛铛车可以"招摇"过市。近百家京城老字号在改造后的前门商业街两旁一字排开，全部亮出黑底金字招牌。

不难看出，整条前门大街由北向南呈现古代建筑转向现代建筑的渐变过程。在前门大街最南端的建筑中，有一些现代建筑的风格和元素，而在大栅栏以北则保持了原汁原味的古代建筑风格。建筑形态渐变，繁华程度差别也很明显。整条大街处于"北热南冷"的状态，靠近前门箭楼的鲜鱼口与大栅栏，因为有众多老北京美食的存在而人气爆棚，而南段十分冷清，也没有能够吸引消费者的商业品牌。

有人抱怨，前门大街这样有着历史气息的旧商业街逐渐被人遗忘，曾经的繁华被留在老一辈的口中，或古人的书卷里。

著名作家邓友梅、相声演员唐杰忠等文化名人在参观了前门大街后提出，要以前门为鉴，更深层次地认识到保护一个城市的记忆，还需做到城市发展与文化保护传承的双赢。

邓友梅认为，前门大街的修缮整治是我们的一次觉醒：丧失了文化，城市自然就丧失了最宝贵的特点。他强调："一个城市和一件文化作品一样，有特色才能立足。此次前门大街的修缮，在战略考虑上意义非凡。"

前门大街文化何去何从？这是一个历史的、现实的重大课题，需要不断地求证、破解。

第二章

火车开进北京城

城墙就是一个圈，圈出一座城池，圈出一方平安。

城墙与城门，对外防御敌人，对内管控子民。城门是开启一切的钥匙。城门的开关，决定着百姓的平安。开一扇门，或关一扇门，铸就了城里城外的旧日荣光。于是，一种关于时间的不惑感，随着城门开关的节奏弥漫开来。

厚重高大的古城墙，是老北京的守护神，维系着国泰民安，彰显着皇权的尊严与荣耀。它巍然屹立，傲视天地，令不怀好意者望而却步。

高鼻子洋人，一直幻想着推倒北京城墙。他们想将铁路推销到中国，让火车开进北京城，拉走更多的财富。然而，当朝者顽固的思想和坚固的城墙，都是列强野心家的天敌和障碍。于是，象征东方封建皇权的城墙，与象征西方工业文明的铁路，形成了激烈的冲突。北京城墙挡住了洋人的步伐，挡住了火车的滚滚车轮，他们只能望"城"兴叹，然而却贼心不死。

19 世纪末，随着津卢铁路、卢保铁路的相继开通，各路火车都停在了北京城外的丰台火车站。慈禧太后及清廷保守势力，十分惧怕这个冒烟吐火的怪物，担心它惊扰皇宫，破坏风水。凭着坚固的古城墙，决不允许火车开进北京城。

直至 1900 年，北京城墙固若金汤，完好无缺。

火车的汽笛声，终于还是打破了北京城的宁静。庚子之变后，八国联军胆大妄为地扒开了城墙，一列列火车从城外的东西两侧穿越城墙，轰隆隆地开进了北京城，开到了前门楼。转眼间，前门楼两侧矗立起了两座火车站：前门西站和前门东站。

前门东站以客运为主，前门西站以货运为主。20 世纪前半叶，人们乘坐火车进出北京城，大都得在前门东站上下车。相对于矮小的前门西站来说，前门东站显得高大气派，耀眼夺目。高耸的钟楼，帅气笔挺；浅灰的楼身，舒缓悠然。站房的拱形楼额上镌刻着十个大字：京奉铁路正阳门东车站。这是它的正式站名。

前门东站自诞生之日起，就默默地注视着前门楼子，注视着古老的北京。它以帅气、雄健、古朴的身姿，经历了清末、民国、新中国的历史变迁，目睹封建王朝的没落，见证火车拉来的繁荣。这是一座真正意义上的见证过改朝换代的火车站。

遥想当年，这里长年弥漫着喧嚣、拥挤的气息，日夜吞吐着进出京城的人流，好一座辉煌繁华的不夜城。大清早儿，当钟楼悠扬的钟声响起时，前门大街便忙碌起来，拉车的、挑担的、上班的、上学的，各自奔波着营生。乘火车来北京的外地人，可以记不住香山，记不住故宫，但没有不记得前门东站的。

火车开进北京城，从此拉开了新世纪、新生活的序幕。

最早的北京铁路

北京铁路的历史要从 1865 年算起，这年是清同治四年。

这年 6 月，曾国藩、李鸿章设立江南机器制造总局，这是近代中国最大的军火工厂。从这一年开始，以后的四年间，约有 14000多名华工参加了美国太平洋铁路筑路工程。

铁路来到中国，恰是清王朝急剧走下坡路的时候。1863 年，率先接受新思想的直隶总督李鸿章，提议修建江苏淮安至北京的铁路，却遭到了朝廷重臣们耻笑，根本没人理会。

1865 年，李鸿章与京都最高地方行政机关——顺天府议妥，由英国商人杜兰德出资，在宣武门外的和平门与宣武门之间，沿护城河铺设了一条约 500 米的袖珍铁路。

这条小铁路没有实用价值，只为了展示宣传。一台小型蒸汽机车拖着三节车厢，在线路上来回行驶，引起众多百姓围观，惊呼声不断。

此时，紫禁城里的清朝官员不知道这是何物，惊恐万分地向慈禧太后禀报，说洋人弄了一条迅疾如飞的铁龙。这时的慈禧太后称圣母皇太后，与慈安太后两宫并尊。慈禧闻讯后大怒，立即下旨，以"见者诧骇，谣诼纷起"为由，命步军统领衙门出面，饬令拆除。

这条小铁路很快夭折了。但是，它可称为北京铁路的开端。

1873 年，同治皇帝爱新觉罗·载淳大婚。英国机器制造商兰济想趁机向中国推销铁路。他筹资 5 万英镑，拟购机车 2 辆、客货车 3 辆，修建铁路 30 里，作为礼物送与中国皇帝。慈禧太后一口回绝了英国人的"好意"。

1880 年，中俄边境吃紧，慈禧太后召见赋闲在家的老臣刘铭传商讨对策。刘铭传抵京后，立刻上奏了一道条陈：俄国人无惧侵扰，我败在补给不上，必须兴修铁路。

刘铭传呈奏后，随即向慈禧太后、光绪皇帝呈献了精致的西洋仿真火车模型。看着小轨道上来回奔跑的玩具火车，慈禧、光绪都颇感新奇，光绪连连称道："好玩，好玩。"此后，这个作为贡品的火车模型，自然成了年幼光绪爱不释手的玩具。

1886 年，慈禧太后即将结束垂帘听政，开始盘算自己之后的生活。她提出扩建西苑三海，为自己营造御苑别馆。时任军机大臣李鸿章为迎合慈禧的享乐癖好，争取慈禧放宽对兴修铁路的限制，奏请朝廷修筑一条小铁路，让"老佛爷"玩玩"现代化"。

列车由法国新盛公司以六千两白银的低价提供，"有丹特火机车一辆，座车六辆。其中上等极好车一辆，上等坐车二辆，中等坐车二辆，行李车一辆，皆陈设华美，制作精良。"紧接着，小铁路开始动工兴建，用了两年的时间，于1889年春建成。铁路全长约1500米，南起中海的瀛秀园，经紫光阁，出中海的福华门，进北海的阳泽门，沿北海西岸经极乐世界，折而向东经阐福寺，终点为静清斋，名为"西苑铁路"。

李鸿章担心火车行驶中冒烟、吼叫，会惊吓慈禧，硬是不让小火车生火，而是"每车以内监四人贯绳拽之"。车厢装饰也有严格的等级差别，慈禧、光绪乘的车，用黄绸车帏、窗帏，宗室、外戚的车用红绸，大臣的车用蓝绸。于是，清宫御苑中跑起了人拉的火车。慈禧坐着小火车，太监们手持仪仗，列队在轨道两侧行进，众人前呼后拥，给人一种滑稽可笑的感觉。慈禧每日往返于仪鸾殿和静清斋之间，一路风景，一路威风，很是开心。有一首清宫词这样写道："宫奴左右引黄幡，轨道平铺瀛秀园。日午御膳传北海，飚轮直过福华门。"

1891年颐和园修竣前，慈禧大部分时间都住在西苑，仪鸾殿为寝宫，勤政殿为议政之处，北海静清斋为别墅和用餐处。每天中午散朝后，慈禧从勤政殿至海宴楼（后改称居仁堂）更便服、进茶点，然后偕光绪帝后妃嫔及王公大臣从瀛秀园车站乘小火车到静清斋午休。

西苑铁路（亦称紫光阁铁路）应该是北京城最早的、具有实用价值的铁路。当然，它是与中国末代封建王朝统治者的奢靡生活联

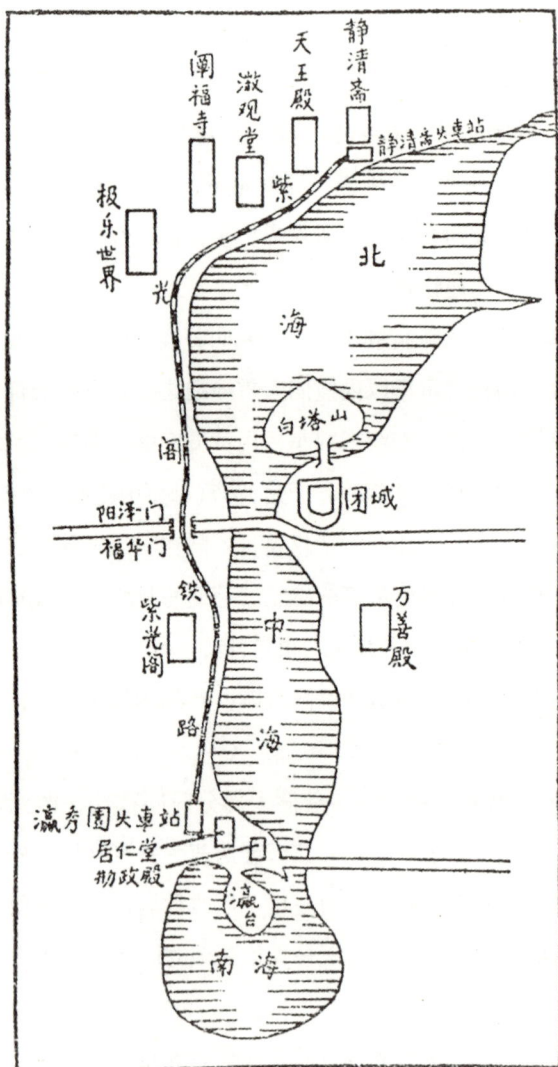

① 西苑铁路应该是北京城最早的、具有实用价值的铁路。

系在一起的。

八国联军侵占北京后，北海及中南海园林遭到严重破坏，西苑铁路也因多处损坏而无法运行。此后清廷也曾几度设法修复，皆因财力不济和时局动荡而放弃。

1901 年，法国人在修建卢汉铁路丰台站至前门西站的延长线时，就用了不少原铺在西苑铁路上的铁轨。1902 年，慈禧下令清理西苑铁路北线的枕木。西苑铁路西线的地基，则一直处于废弃的状态。1985 年前后，进行护堤清理时还挖到残留的枕木。

辛亥革命后，北海作为公园对民众开放，大部分铁路被拆除。到日伪后期，因战略物资匮乏，西苑铁路残存的几根轨道均被收缴，只有机车和几节车厢还存放在北海。西苑铁路被毁，几乎没有留下什么痕迹。1958 年北京修建十三陵水库时，曾将机车调到水库工地，用以运送土方石料。当时新闻报道说："慈禧太后的小火车，开始为社会主义建设服务。"此后这台机车的去向便不得而知，只是在中国铁道博物馆有一个当年的机车模型。

翻阅民国年间出版的《三海名胜图》，中南海和北海已连为一体，中南海公园、北海公园和西苑铁路在图中已不见踪影，但循着原有景点和地名，依然可以想见小火车南北行驶的轨迹和景象。

西苑铁路尽管昙花一现，然而赢得了慈禧太后对铁路的好感，这是李鸿章修建西苑铁路的最大收获。

1889 年，以清政府成立中国铁路总公司为标志，慈禧太后对修建铁路的态度有了明显转变。她颁发上谕，斥责反对修铁路的大臣为"偏执成见，不达时务"，明确宣告"毅然兴办"铁路，并定之为"自强要策……"

由此，搁置多年的津卢铁路、卢汉铁路都得以重新开工建设。

诚然，慈禧和朝廷官员头脑中沉积多年的封建意识依然存在。如"铁路会切断龙脉、破坏风水、惊扰先祖"等奇谈怪论，还有"只准用骡马拖拉铁路车辆，铁路不准修到北京城内"等多项禁令。

当听说津卢铁路要修进北京城，在前门建火车站时，慈禧坚决不干了。火车开进城内，这个冒烟怪物必然会破坏北京城风水，那是绝对不行的。北京城墙就是风水墙，不能动一丝一毫。"老佛爷"认为，两条铁轨架着一台机器，破城墙，从前门驶入皇家禁地，乃是"大逆不道之事"。李鸿章力排众议，洋人们极力解释，试图说服慈禧。然而慈禧就是不松口，最后干脆下了个"拒绝将铁路修在北京城的 10 里之内"的禁令。

于是，洋务派只得修改方案，在不违背禁令的前提下，力争铁路离城内更近一点，将津卢铁路从卢沟桥往北延伸，延至南城的马家堡。当年的马家堡，与南城墙近在咫尺，火车站设置在这里，到城内的距离自然近了很多。

铁路在北京城的艰难起步，是封建中国工业化进程的一个缩影。面对一个封建末世王朝来说，它起步的时间太晚，付出的代价也过于沉重。

老北京的三条铁路

北京是我国铁路的策源地，也是最先汇集三条铁路干线、构建交通枢纽的城市。

在中国近代铁路史上，京奉铁路是比较早的铁路之一，有着重要的历史地位。它的建成通车，对促进中国社会的进步和北京城市发展都产生了极大的影响。从 1877 年始建，到 1930 年辽宁总站（沈阳北站）竣工通车，前后经历了 53 年的时间，可谓是断断续续、修修停停。新中国成立后，这条铁路更名为京沈铁路。

探究京奉铁路的修建过程，自然源于唐胥铁路。

历史翻到 19 世纪中叶，鸦片战争惊醒了沉睡的中国。曾经不可一世的清王朝，被这场战争推向了岌岌可危、无可挽回的衰落。一批先锋人物开始寻求自救，兴起了一场"师夷长技以自强"的洋务运动。以李鸿章为代表的洋务派官僚们，借鉴英国的发展历程，看到了铁路的优越性，积极倡导在中国修建铁路。

近代工业的发展，对煤炭的需求量空前增加，清廷洋务派积极筹办新式煤矿，以保障煤炭的供应。1877 年，中国早期实业家、轮船招商局总办唐廷枢，奉直隶总督李鸿章之命，筹建了中国历史上第一个采用近代采煤技术的煤矿——开平矿务局。由此，改写了中国近千年的土窑采煤史，极大地促进了煤炭生产。煤炭产量逐年递增，即使是用骡马车拉煤，仍然是杯水车薪，供不应求。

1879 年，开平矿务局提出修建一条唐山至北塘的铁路，以便将煤炭运至北塘，再经水路外运。修建铁路的设想，立即遭到清廷顽固派的强烈反对。开平煤矿在不得已的情况下，决定开凿一条从芦台到胥各庄长达 35 公里的"煤河"，来解决煤炭的外运问题。

1880 年夏，煤河开凿到胥各庄时，凸起的地势导致开凿十分艰难。李鸿章趁机上奏朝廷，肯请批准在唐山与胥各庄间修一段短铁路，与煤河相连接。李鸿章在奏请中特别声明，只修以骡马牵引的"快车马路"。几经周折，清廷才勉强同意，允许修建唐胥铁路。

1881 年 11 月 8 日，全长 9.7 公里的唐胥铁路建成通车。这是中国第一条营运性铁路。

很快，铁路运量大、跑得快的优势凸显出来。1887 年，唐胥铁路开始不断向两端延伸，从胥各庄向西展筑 37.5 公里，到达芦台阎庄，称唐阎铁路。同年又延至芦台，称唐芦铁路。

1888 年 8 月，唐芦铁路延至天津，全长 130 公里，改称唐津铁路。直隶总督、北洋大臣李鸿章专程视察了铁路，并主持通车仪式，给予高度赞赏。这年 8 月，唐胥铁路的延长线天津至丰台铁路建成，并建成丰台—卢沟桥支线。唐津铁路是我国正式运营的第一条干线铁路。

到了 1894 年，唐津铁路向东北方向延至山海关，称为津榆铁路。这时，因筹议修建关外铁路，遂将这条铁路改称为关内外铁路，并将关内外铁路局设于天津。

早在 1885 年，李鸿章曾奏请朝廷修建从天津到通州的铁路。后因清廷内部有争论，建议被搁置。1895 年 4 月，清政府从英国借款，修建天津到北京的铁路，线路走向为从天津到北京东郊的通州。为避免天津至通州的铁路经过清东陵，破坏皇陵的风水，决定将终点站由京东的通州改为京西的卢沟桥，全称津卢铁路。

1897 年 6 月，津卢铁路全线竣工通车。这是我国最早的一条复线铁路。慑于清廷忌讳铁路接近京师的压力，铁路修至丰台时，试探性地引出一条丰台至右安门外马家堡的铁路。马家堡车站，成为通往天津、山海关、保定、石家庄的起点站。后来，这条铁路成为京沪线的北段。津卢铁路与津榆铁路，贯通为京榆铁路。

1898 年 10 月，清政府修筑铁路将京榆铁路延伸至奉天（今沈阳），改称关内外铁路，并与英国、俄国签订关内外铁路借款合同。1907 年 8 月关内外铁路又改称京奉铁路。1912 年京奉铁路全线通车，并与由日本人控制的南满铁路接轨。

同样在 1895 年，另一条铁路也在筹备中，这就是卢沟桥（亦称芦沟桥）至汉口铁路。这年 12 月，清政府谕令卢汉铁路商办。1896 年 10 月，直隶总督王文韶、湖广总督张之洞奏请设立铁路总公司，以盛宣怀为督办大臣，统筹卢汉铁路的修建。1898 年 6 月 26 日，清政府代表盛宣怀和比利时银团代表俞贝德在上海签订了《芦汉铁路比国借款续订详细合同》和《芦汉铁路行车合同》，比利时一举夺得了卢汉铁路的贷款权。

在此之前，1897 年 4 月，由清政府筹款，卢汉铁路已经分南北两段开工建设。到与比利时签订借款合同时，卢汉铁路已经断断续续修了 100 多公里，从卢沟桥至保定段已经完工，南端的汉口至滠口段也已开始施工。比利时公司接手后，铁路开始全面施工。1906 年 4 月 1 日，卢汉铁路全线通车。清廷派张之洞与直隶总督袁世凯一道验收工程，卢汉铁路由此改名为京汉铁路。

1904 年，清廷提出修建从北京至张家口的京张铁路。英、俄两国对于修京张铁路之事，已觊觎多年。清政府软弱无能，对俄早有协议承诺，自京向北修铁路，俄国有优先权。而修铁路的钱掌握在英国人之手。英、俄两国路权之争一年后，1905 年，清政府迫不得已决定自己修，以争取英、俄放手，遂委任詹天佑担任京张铁路会办兼总工程师，主持修建了京张铁路。

1909 年 10 月 2 日，京张铁路全线通车，全长 201.2 公里，起点为北京丰台柳村，与京汉铁路接轨，终点在河北重镇张家口。这是第一条由中国人自主设计修建的铁路。

京张铁路通车前，清政府已决定展筑张家口至绥远（今呼和浩特）段。1911 年 11 月，通车至阳高时，因武昌起义爆发而停工。1914 年展筑至大同。1921 年，延伸至绥远，改称京绥铁路。1923 年 1 月，通车至包头，全长 817.9 公里。新中国成立后，这条铁路改名为京包铁路。

自此，北京已成为京奉、京汉、京绥三条干线铁路的起点站。

1915 年 12 月，从西直门经德胜门、安定门、东直门、朝阳门，到前门东站的京城环线铁路完工，将京汉、京奉和京绥三条干线铁路连为一体。

北京通过京汉铁路加强了与江南地区的联系，借助京张铁路沟通了西北地区，京奉铁路则成为北京与东北地区之间的纽带。三大干线交汇于前门车站，使之成为北京乃至全国的交通中心。

1928 年 6 月 8 日，国民革命军进入北京。6 月 15 日，南京国民政府宣布"统一告成"。6 月 21 日，北京改名为北平。7 月 4 日，京奉、京汉、京绥三条铁路相应改称平奉、平汉、平绥铁路。

三线交会丰台站

位于老北京城外西南角丰台镇的丰台站，是北京最早的火车站，有着北京"南大门"之称。丰台站曲折而坎坷的历史，可以说是中国近代史的缩影。

1895 年 4 月，清政府兴建津卢铁路。当年底，铁路从天津修到了丰台，建成了北京第一座火车站——丰台站。1898 年卢汉铁路卢沟桥至保定段通车，1909 年京张铁路通车，两条铁路在卢沟桥站汇合，通过卢沟桥丰台连接线，交会于丰台站。

到了民国初年（1912 年），丰台站实际上已经成为连接京汉、京张和京奉三条铁路干线的中转站。三条铁路的旅客都可在丰台站

⊕ 到了民国初年（1912 年），丰台站实际上已经成为连接京汉、京张和京奉三条铁路干线的中转站。

中转换乘，三条铁路的货物运输，既可以在丰台站换装，也可在丰台站办理过轨运输。由于各路的过轨车辆都要在丰台站进行解体、集结和编组，使得丰台站初具了编组站的规模。由此，构筑起北京铁路枢纽的雏形。

追溯120多年前，清政府决定兴建从天津到北京卢沟桥的铁路。当时清政府并不具备自主修建铁路的能力，津卢铁路督办胡燏棻向英国借款40万英镑，开创了借洋债修铁路的先河。英国人金达被聘任为总工程师，他把津卢铁路修成了中国最早的复线铁路。

建站伊始，丰台站发送及中转旅客甚少，仅有两对旅客列车，即丰台至张家口、丰台经西直门到门头沟的客车，日均发送旅客约190人。之后又开行了北京至天津、保定、汉口等方向的客车，日均发送旅客达300余人。而丰台站的货运业务比较繁忙，每日货物发送量约七八百吨。当时卢保、京张两条铁路在丰台站都设有办事机构，管理各自铁路的运营。如京汉铁路在丰台站设有包括站长、副站长、英语招待、售票和电报生的五人办事机构。

刚通火车时，丰台镇的铁道边围满了孩子，等待火车的到来，两边骑车和步行的人，也都伸长脖子观望着即将出现的火车。不一会儿，疾驶而来的火车带着一股风，夹杂着尘土呼啸而过。孩子们跟着奔跑起来，口里唱着童谣："打卤面就大蒜，城外有个火车站。火车站三面通，里面有个大座钟。大座钟当当响，火车来了两边挡……"

　　由于各路车辆只能在各自铁路上使用，致使大量货物需要在丰台站倒装。由于各路车辆大小不一，导致大批货物因倒装而滞留车站，促使货栈业在丰台镇兴起。一些货栈大量租用土地，修建专用线。当时货栈多达 30 余家，车站几乎被大大小小的货栈包围。

　　丰台站建成后，流动人口剧增，为丰台镇带来了人气和繁华。大量的旅客、客商和劳动力云集丰台，带动了饮食、服务行业的发展和地方经济的繁荣。在站前和东西两侧，很快形成了一条繁华的、独具特色的商业街巷，经营饭馆、小食品、客栈、货栈、修理、搬运等行业。这就是正阳门大街商业的雏形。

　　然而，丰台站建成后仅 5 年，却几乎遭遇了灭顶之灾。

　　1900 年初，"扶清灭洋"的义和团运动，在直隶和京津地区迅猛发展。外国列强以"代剿"义和团为由，试图趁火打劫，率领军队侵入北京。为了阻止各国联军进北京，义和团首先把目光瞄准了火车进京的第一个"关口"——丰台站。

　　据《丰台站站志》记载，这年 5 月 3 日，义和团冲进丰台站，破坏铁路，砸毁站内的机车。丰台站不得不向清廷求援，清廷调大量卫兵在火车站值班巡逻。然而丰台站最终也没有逃过厄运，站内建筑大部分被毁坏焚烧，仅剩下一段残损的东墙和书有车站建立时间"光绪二十三年"的牌匾。

　　义和团对铁路和丰台站的破坏，非但没有阻止列强进犯北京的步伐，反而成为八国联军侵华战争的导火索。6 月 10 日，八国联军从天津乘火车强行进入了北京。侵略者为方便掠夺资源，十分重视丰台站的畅通，立刻对丰台站进行了抢修，车站很快恢复了运营。

到了民国时期，丰台火车站已成为多条铁路的中转站、北京地区重要的铁路枢纽，各路的过轨车辆均需在丰台站进行解体、集结和编组，使得丰台站初具编组站的规模。除了货运，在丰台站上下车和中转的旅客也迅速增多。1916 年 12 月 6 日，交通部路政司将各火车站按年进款之多寡分为四等，丰台站被核定为二等站。1932年上升为头等站，1946 年升格为特等站。

九一八事变爆发后，日军出于军事运输和资源掠夺的需要，对占领地区的铁路设备进行了扩充和改建。丰台站位于北京西南卢沟桥附近，是京津地区重要战略据点之一，理所当然成为日军在北京地区重点抢占的战略目标。

1935 年底，日军以所谓"防共"及"保护侨民"为借口进驻丰台站，美其名曰"共同驻防"，实则利用火车站为据点，在丰台屯兵、建造军火库。丰台站不但沦为日军的驻地，也成了日军发动七七事变的军事基地和作战指挥部。

1937 年 7 月 7 日晚，日军正是从丰台站派出部队，策划挑起了七七事变，发动全面侵华战争。随着战事扩大，日军增援部队及军械、弹药等军用物资均由丰台站供给。

此后，丰台站一直被日军占领。自 1937 年 8 月起，丰台火车站站长、副站长及各管理人员均为日本人担任。直到 1945 年 8 月日本投降，国民政府才从日本人手里收回了丰台站。日本投降后，丰台站附近的日军被指定前往丰台站缴械投降。当时，日军在中国军队的指挥下，乘车列队前往丰台站。在车站内，日军被命令在指定区域内听候安排，武器弹药摆了一地。

新中国成立后，丰台站获得新生。这里是京广铁路、丰沙铁路的起始站，京沪铁路的中间站，也是北京重要的枢纽站。国家投巨资，多次对丰台站行车设备进行大规模技术改造，修建了驼峰延长牵出线，装设行车自动闭塞大站电气集中设备，改善信号和通信设施等，极大地提高了车站的列车通过能力和车辆编组能力。20 世纪 80 年代，丰台火车站作为京广、京九、京沪等线路的必经站，每日有 30 趟列车从北京西站、北京站始发后在此站途经、停车，日均上下旅客达 3 万多人次。

2010 年 6 月 20 日起，丰台站停办了客运、售票等业务，旅客列车甩站通过，等待改造。自此，丰台火车站历时 115 年的运营宣告结束。为此，大批铁路迷、附近居民和铁路职工汇集在丰台站，用购买车票、乘车、留影等方式和丰台火车站客运业务告别。

2008 年，在丰台站发现了四根锈迹斑斑的钢轨。经专家考证，这几根钢轨为 1887 年英国生产，在中国自建的最早的唐卢铁路上使用。这四根钢轨后来被中国铁道博物馆收藏，成为迄今国内收藏的最早的中国铁路钢轨。

2022 年改造完成后，丰台站成为北京铁路枢纽 7 座主要客运站之一。这是一座零换乘的大型客站，空中有高铁，地面有普速，地下有地铁，成为北京综合的交通立体枢纽。

马家堡火车站

马家堡火车站建于 1897 年，比丰台站晚了两年左右。

古时，马家堡乃进京的驿站。马家堡位于京郊城南的马家堡村北，马草河北边，历史颇为久远，在明末清初时就已经成村，而且是个大村庄，乃进京的交通要塞。马家堡地理位置突出，交通便利，客流、物流通畅。

清末时，北京南城已发展为民居、商业、会馆的聚集地。这里原有一片皇家园林，名为"南苑园林"。苑囿的意思就是皇家专属的游赏、驰猎的地方，因此也有南苑、南囿等称呼。园林很大，四周有围墙，围墙西北部的大村庄就是马家堡。早年的南苑围墙共有 13 座角门，马家堡的西口就有一座角门，它是南郊离京城最近的角门。

大清王朝，风雨飘摇，注定命运多舛。当时北京已经有了津卢、卢保两条铁路，但北京城的城墙被清朝统治者视为大清的风水墙，固若金汤。他们觉得火车这么个大物件儿，跑起来动静儿太大，这个喷烟冒火的怪物如果进城，会震坏了京城的风水。火车进不了北京城，城内的北京人要去天津，需要到丰台站上车，若前往保定，须到卢沟桥站上车。

老北京的南部是以永定门为标志，永定门之内称作南城，出了永定门就是城南了。永定门以南的城南地区，在清朝和民国时期是荒野郊外，除少量菜地外，住户是比较少的。而南城则比较繁华，不但有天坛和先农坛这样的皇家祭祀重地，还有天桥、会馆、戏园等场所。

1897 年，在洋务派的多次努力下，卢津铁路得以向北延伸，由丰台站接至马家堡，向京城延伸了 7 公里，到了城南外。还想往前修，可慈禧太后及朝廷里的保守势力坚决不干了。其实，原本是想沿着永定门修进北京城的，但永定门沿线是北京城的中轴线，那是大清的"龙脉"。在龙背上修铁轨，那还得了？火车只能停在了马家堡。

永定门与右安门是进出南城的两座重要城门，马家堡距离外城城墙直线距离仅有 2 公里，距离永定门城楼也只有 3 公里，又处在永定门与右安门之间，差不多是个等腰三角形，在铁路不准进城的情况下，这也许是最好的选择。

这年夏天，马家堡火车站正式竣工了。这是一个窄轨车站，站舍为英国人建造，是典型的西洋建筑风格。它有东西两个站台，东站台上建有一座宏伟的三层楼房，气势恢宏，为当地地标式建筑。西站台比东站台略小。

1899 年 2 月，卢汉铁路卢沟桥至保定段通车。当日，卢保铁

① 马家堡火车站有东西两个站台，东站台上建有一座宏伟的三层楼房，气势恢宏，为当地地标式建筑。

路的列车从丰台开到了马家堡。一夜间，客货两用的马家堡火车站，成为当时北京城的火车总站。通往天津、山海关、沈阳、保定的旅客列车，都从这里开出。这里昼夜车水马龙，商旅百姓在此下车，进城比较方便。

马家堡车站建成后，周围很快出现了茶棚、旅店、澡堂子、落子馆等新兴店铺。精明的商人在车站周围盖了一些大栈房，用于存货。一些脚夫聚集于此，成立了"脚行"。由于火车站的带动，马家堡已经成为当时永定门外最繁华的地段。

距马家堡火车站北一里地，有条河名叫凉水河。为方便城里的人来乘火车，1898 年由英国人出资，在马家堡火车站北的凉水河上修建了一座水泥结构桥，取代了原来的土桥。因桥是用洋水泥，又是洋人所修，当地百姓俗称其为"洋桥"。

1899 年，德国西门子公司承建了从永定门至马家堡火车站的有轨电车线路，全长 7.5 公里电车线路上，行驶着"长辫子"的公共电车，老百姓称呼其为"铛铛车"。这就是英国人推出的"最后一公里"方案，将京城与南城联为一体。永定门往北，就是天桥，再往北就是前门。旅客们在马家堡下了火车，就可以直接换乘有轨电车，十分顺畅地进城。

据当时的《群强报》报道：这种电车，是在当街马路上铺上铁轨，旁边竖上铁柱，柱上安横梁，梁上悬电线，电车在铁轨上行走，借上边电线的电力，要开就开，要停就停，要快就快，要慢就慢。

⊕ 旅客们在马家堡下了火车，就可以直接换乘有轨电车，十分顺畅地进城。

它是北京最早的有轨电车，也是中国第一条有轨电车线路。大约又过了 20 年后，北京内城才真正通上有轨电车。

于是，马家堡就这么歪打正着地拥有了当时世界上最为先进的两种轨道交通方式——有轨电车和火车。当时马家堡的繁华程度，大大超出了北京城内的其他地方。

1900 年春夏间，义和团运动在直隶等省风起云涌，迅猛发展起来，并以破竹之势向京城逼近。义和团提出"扶清灭洋"的口号，铁轨、火车这种洋人的玩意儿，自然属于被消灭的对象。在当地百姓的配合下，义和团掀起了一次次破坏津卢铁路的高潮。

马家堡火车站为英国人修建，首当其冲。1900 年 6 月 12 日，马家堡火车站站房以及附近英国人住的洋楼都被付之一炬，史称"火烧洋楼台"事件。现在的"洋灰台"，就是当年车站的旧址，站舍建筑被烧毁，只剩下洋灰浇注的地基。随后，仅存数月的有轨电车线路，也成了世界上最短命的电车线路。电车被砸烂，电线杆、轨道被拆掉，同马家堡火车站的命运一样，很快寿终正寝了。

马家堡火车站遭焚后，便处于废弃状态。1902 年底车站被撤销，后改为马家堡线路所。

有意思的是，荒废后的马家堡火车站，还曾经接待过西逃回銮的慈禧太后和光绪皇帝。1901 年 10 月 6 日，慈禧发卒数万人，带行李车 3000 辆，从西安出发，出潼关，经河南、直隶，一路浩浩荡荡。因卢汉铁路全线尚未通车，慈禧太后在保定改乘火车专列，在马家堡火车站下车。历时 3 个月，一行人于 1902 年 1 月 8 日回到北京。朝廷官员们为了迎接太后，特地在已报废的马家堡车站临时搭建了一个彩牌楼。慈禧太后一行下火车后，便分乘八抬大轿回宫。

当时火车已经开到了前门外，那么慈禧从西安回京的专列为什么不直接到前门，而是停在了一片废墟的马家堡火车站？要知道，火车开进北京城是慈禧心中永远的痛，让她在精神上陷入彻底的抓狂状态。在慈禧眼里，作为封建帝都的象征，前门比天安门还要重要。慈禧万万没有想到，那么坚固牢靠的城墙，竟然轻而易举地让洋人的枪炮火药给摧毁了。庄重神圣的城池，火车说开进来就开进来了。这岂不惊了龙脉，坏了风水，泄了皇气？

显然，慈禧乘火车回京，是不会让火车停在前门楼的。

马家堡火车站渐渐消失在了人们的视野中。不久，根据行车需要，在新修的卢汉、京沈宽轨铁路旁建立了马家堡临时停车站，这里地处永定门外和右安门外，距马家堡火车站原址向北一公里，1902 年改名为永定门火车站。1956 年，为缓解交通压力，在老永定门火车站西边建立了新永定门火车站，但站名没变。1988 年，新永定门火车站改称北京南站。

马家堡火车站作为北京铁路总站，仅存在了 7 年左右时间，虽然时间不长，但对周边的商业、市政、交通有着很大的促进，促进了中国铁路的发展。

⊕ 因卢汉铁路全线尚未通车，慈禧太后在保定改乘火车专列，在马家堡火车站下车。

英军扒开了城墙

庚子之变后，在滚滚浓烟和隆隆轰鸣中，北京城墙和门楼迅速丧失了往昔的坚固和威严，火车穿透厚重的城墙，打破了北京城的宁静。

北京城墙，始建于元代，建成于明代，沿用于清代至民国，经历了 7 个世纪之久。明清时期，北京城墙的保护和修葺备受重视。城墙上不得增开豁口，城楼、箭楼、雉堞、墙面砖体如发生破损、塌陷等，都要及时进行修补。在这漫长的岁月中，京城里的历代封建王朝都以城墙为屏障，维系着江山社稷的安危。

1900 年 8 月 14 日，是北京历史上永远不能忘却的日子。这天，由英、美、德、意、日、法、俄、奥组成的侵华联军，占领了北京城。顷刻之间，整座城市一片狼藉。地安门至西安门的房屋被焚毁殆尽，前门至东四牌楼也是满目疮痍。

次日一早，慈禧太后带着光绪帝紧急逃出京城，坐着最快的马车往西而去。

这是一场堪称奇耻大辱的战争，也是一段刻骨铭心的历史。仅仅 3 万人的八国联军，不费吹灰之力，就登上了号称有重兵把守的大沽口，把十几万大清国的军队赶得四散奔逃。古老庄严的北京城，在这次劫难中遭受了前所未有的蹂躏和摧残。

8 月 16 日黎明，英军正式接管了北京至山海关的铁路。很快，

① 驻扎天坛的英军全然不顾大清皇帝的禁令，趁慈禧和光绪不在北京之机，强行将永定门外城南垣的城墙扒开了一个大豁口。

英美军队侵入天坛，将重炮架在了圜丘上，对准了前门和紫禁城。天坛这片清皇室祭天的禁地，转眼间沦为了侵略军的司令部和兵站。

一时间，天坛内到处堆放着侵略者劫掠来的金银财宝。万佛楼的金佛、御苑的珠玉、故宫的珍宝文物、官府的朝服朝冠、平民的金银首饰，五花八门，应有尽有。贵重东西，将其打包装车外运；认为不值钱的，就在天坛、天桥、先农坛的空场上就地拍卖，一片"洋破烂市"的景象。直到1902年，清皇室恢复祭天典礼，破烂市场才转移到东晓市一带去。

这年11月，驻扎天坛的英军为了加强对北京城的控制，嫌马家堡车站离城太远，军需与人员运输不便，全然不顾大清皇帝的禁令，趁慈禧和光绪不在北京之机，强行将永定门外城南垣的城墙扒开了一个大豁口，在护城河上架起临时铁路桥，将津卢铁路从马家堡火车站引出，延伸到了城墙内。然后，一鼓作气，继续向北向东，穿过永定门内大街，将铁路修到了南城内的天坛。

当时天坛外垣坛墙只有西垣有两个门。南边的圜丘坛门通向圜丘祭坛，北边的祈谷坛门通向祈年殿。这两个门均为三间拱券式大门，琉璃筒瓦歇山式顶。英军将圜丘坛门改建为总站，称"天坛外站"。由站内接一股岔线，向北延伸至祈谷坛门内，设立"天坛内站"。两个车站分工明确，内站运兵，外站运军火粮草。

天坛外站与天坛内站设施都比较简陋，然而这两座车站却让清廷惊慌失措，给京城百姓带来了极大的恐慌。

这次城墙的扒开，是永久的，不可恢复的。因为刺穿城墙的不是枪炮，而是先进的、气势磅礴的火车。代表着当时最先进生产力的火车，无情地刺穿了代表封建统治者最保守意识的城墙，毫不客气地、呼啸而至地闯进了封建王朝的禁地。

英军扒开了坚固的城墙，给了中国封建王朝沉重的打击。将皇帝专用的祭坛大门改成车站，将火车开到坛墙之下，实在是有失体统，孰不可忍。清政府提出抗议，要求他们重新选址。

然而，这是一个患了软骨病的封建帝国。这架腐朽的国家机器，由于缺少润滑剂，一迈步便会吱吱嘎嘎地响。尽管清政府对此表示出了极大的不满，并与英国人多次进行交涉。英军长官只是耸了耸肩、摊了摊手，做出无可奈何的样子。后来，英国人也觉得从天坛到使馆区东交民巷实在是太远，下了火车还得坐驴车，太折腾。于是，一不做二不休，干脆把火车站迁址到了紫禁城的大门口，在前门楼的东南侧，着手兴建正阳门东火车站。

英国人在前门修火车站，就是图一个方便。下了火车，穿过城门右转就是东交民巷使馆区。居住在使馆区的洋人们，乘坐火车到天津，再从天津乘海轮，往返于中国与海外，都很便利。同时，也可以让八国联军的物资供应直接进城。

当然，英军没有直接将铁路从天坛向北延伸至前门，而是另从马家堡车站铺轨到永定门的东侧，在如今的玉蜒桥附近的城墙上重新扒口子进城，经龙潭湖到内城东南角楼折向西，穿过崇文门瓮城，沿护城河到达正阳门东侧。这样就避免了穿过北京城最繁华的商业地带，否则会涉及大量的拆迁工作，开销巨大。从城外绕着走，龙潭湖一带居民不多，便于施工。

"当年前门火车站的铁轨，是从崇文门旁边过的，崇文门的瓮城拆了一半，把门洞扩大，铺了双向铁轨，常过火车，这是我小时候上下学经常看到的景象。"若干年后，家住崇文门的赵锡山老人如此描绘道。

这时崇文门的箭楼，在八国联军攻城时已被摧毁，只有瓮城还完好。修铁路需要在瓮城东西两侧各辟一个券形门洞，让从马家堡延伸来的铁路通过。平时行人进出城，都是通过瓮城的闸门。崇文门瓮城的闸门开在西侧，被铁路券洞占用后，需要在箭楼楼台下另开一门洞，供过往行人进出。

清政府对内专制，对外懦弱。英、法把铁路强行修到城内，已经造成既成事实，清政府只得屈从和默认，眼看着英军再次多处扒开城墙，"正阳门东车站"在外国侵略者手中诞生。

《庚子记事》一书，记录了当年津卢铁路进城路径和前门东设立火车站的景况："保定府至京铁路，车站在正阳门外西月墙，每日火车来往，直抵西门洞。今天津至京铁路，自马家堡分道，由永定门迤东墙缺进城，绕天坛后，穿行崇文门瓮洞，直抵正阳门。东月墙停车，车站即在东城根。"

仅这段铁路，就在北京的外城、内城扒开了三段豁口，崇文门

⊕ 当年铁路穿过崇文门瓮城，延伸到了前门火车站。如今这段明长城遗址，每天都在与北京火车站进行历史对话。
摄影／原瑞伦

瓮城也同时被拆除。

1902 年 3 月，八国联军撤出天坛时，将铁路管理权移交给清政府，清政府即刻便将天坛车站拆除。短命的天坛火车站也就存在了一年多的时间。

先有前门西站

英军一鼓作气要把铁路修到前门，然而还是让法军抢了先。

有人说，北京老前门火车站分为两部分，东站与西站，并称前门车站。其实，这是一种误解。它们本就是两个车站，一东一西，相距百米，遥相呼应，分别沟通着北京与北方和南方的联系。按通车时间来讲，前门西站要稍早于前门东站。

前门西站是京汉铁路的起点站，由原起点站卢沟桥延伸而来，归京汉铁路局管辖。前门东站是京奉铁路的起点站，由原起点站马家堡延伸而至，属京奉铁路局管辖。可见，前门西站与东站，本是两个毫不搭界的车站，一个通往汉口，一个通往奉天（今沈阳）。前门东、西两座火车站对峙，成为当年前门的独特一景。

1897 年，卢汉铁路的卢沟桥至保定段开工，到 1906 年，全线建成通车。卢汉铁路自前门西站始，经西便门、跑马场、丰台等车站后进入河北省界，然后通达汉口。据我国著名铁路专家曾鲲化 1908 年所著《中国铁路现势通论》记载，正式通车后的京汉铁路"凡

⊕ 按通车时间来讲，前门西站要稍早于前门东站。

二千四百一十八里，共计七十八站，平均三十一里有站一所""总计干支线延长二千六百三十六里"。

1901 年，法、英、比三国接管了卢汉铁路。随后，为了方便军用物资的运输，法军效仿英军扒开永定门城墙，擅自将卢汉铁路自卢沟桥向东北方向延伸，在广安门北的外城城墙上野蛮地开了个豁口，过西便门，在莲花池北转向东，沿内城护城河向东经宣武门，直达正阳门西月墙，全长 14.8 公里。过宣武门时铁路并未穿越瓮城，而是在瓮城外绕行，因此宣武门并未受到破坏。

1901 年 3 月 16 日，前门西站开出了卢汉铁路第一列火车。自此，前门西站成为卢汉铁路的起点站。法国人之所以选择将铁路修至正阳门，一来是因为这里靠近东交民巷使馆区，二来是前门一带商贾云集。从建站时间来看，前门西站要早于前门东站 9 个月。最初的前门西站，只有两条股道，没有站台，也没有站房。

1905 年，前门西站新站房落成投入使用，总面积为 3.76 万平方米，站房矮小，只有一层，大门不大；悬山屋顶，底层设围廊，上撑披檐，立面处理十分简单；设站台四座，正线一股，货线两股，其中一个长 250 米、宽 9 米，一个长 135 米、宽 10 米。如果不是在站房入口处的大拱门上书有"京汉铁路车站"几个大字，这里甚至会被误认为是一处普通的民房。

车站有办公房、行李房及票房等。工作人员有站长、副站长、翻译、售票司事、验票司事、货票司事、车辆司事等 36 人。通信设备有磁石和混合式电话机；马佛式护路号志进出站信号各 3 个，夜间为手提燃油式三色信号灯，另有警笛、号角、响墩等附加信号等。

建站初期，前门西站每天只有一两趟开往石景山和门头沟的小票车（即市郊列车）。后来前门西车站开始办理旅客运输，京汉铁路有普通客车及快车两种。

据时任北洋政府交通部路政司司长曾鲲化记载：京汉铁路的普通客车一般每日由北京和汉口对开一列，每早八时对开，全程运行时间五十八时十六分。快车每星期往返一次，昼夜驶行，中间小车站全部停留，全程运行时间三十六时四十五分。有卧车及饭食车，票价较普通客车多三分之一。票价一般按一、二、三等车核收，头等六十五元四角，二等四十三元六角，三等二十一元八角。

当时一块大洋的购买力，大致相当于现在人民币 60 元。20 世纪 20 年代，著名社会学家陶孟和的调查报告表明，当时北京工薪阶层平均每家每户一个月的收入只有 17 块大洋。

1909 年，前门西站核定为一等站。1921 年前门西站加入国内、国际联运。到 1924 年，京汉铁路有了特别快车和寻常快车。特别快车由最初的每周一次，增加为京汉两地"每逢一、四开行"；寻常快车每日开行，并上下午各有一次。全程运行时间，特别快车为 35 小时，寻常快车为 52 小时，都比最初快了许多。票价也有较大的下降，头等票价为四十七元四角，二等票价二十一元六角，三等票价为十四元四角。

1915 年，北洋政府交通部曾有过建立北京铁路总站的设想：分别建立铁路客、货两个总站，以现有的前门东、西两站改为客运总站，两站之间用隧道连通，而货运总站则以西便门站改充。客运和货运分设总站，对运输业务较为方便，且将来如果业务量增多，易于扩建。为此，交通部组织三条铁路的代表多次会商，作了详细的方案和预算。后由于北洋政府的终结，这一计划落空。

1916 年 6 月 6 日，皇帝梦破灭的袁世凯因肾衰竭死于中南海居仁堂。6 月 28 日，袁世凯的棺材由新华门抬出，就在是前门西车站装上火车，通过京汉铁路，运往河南安阳埋葬。

1931 年前门西站首次售卖站台票，分当日和当月两种。

1934 年 4 月，北平至包头的旅客列车改为由前门西站发车，经由宣武站、西便门至广安门站。在广安门站机车转线后，开往西直门、张家口、包头方向。

1937 年，日军侵占北平，取消了前门西站的客运业务，只办理货运业务，所有京汉铁路的进京列车都并入前门东站始发。1938年，日军将前门西站改称北京西站。

1943 年，日本拆除了卢沟桥至西便门线路。现在京石公路自西道口至岳各庄桥的路段，就是老京汉铁路的旧址。

1945 年，日本投降后，车站更名为北平西站。

新中国成立后，北平西站更名为北京西站，作为货运站使用。

1954 年 8 月，北京铁路管理局根据北京市政府城市规划的意见，向市政府及铁道部提交报告："建议批准撤销正阳门西站，封闭环城铁路各站，以减少对市政建设及对交通的妨碍。"1954年9月24日，北京市人民政府批复了北京铁路管理局的报告，同意撤销正阳门西站，封闭朝阳门等四个火车站。

1958年2月，为了配合北京前三门护城河改造，优化和改善北京铁路交通状况，北京西站连同广安门站至前门西站之间的铁路，一起被拆除。如今已经没有任何遗迹可寻。

需要说明的是，由于战乱等原因，新北京站建成的时候已经找不到卢沟桥至前门西站的线路，或者说已经很不完整，只有部分残存。由此，京汉铁路的起点又还原为丰台站。

帅气的前门东站

许多人都认可前门东站的"帅气"。

大圆拱站房好似一张白净的脸，高高的钟楼犹如高挺的大鼻子，明城墙、大前门衬托着它的身躯，姿态端详文雅。这种"洋为中用"的表达方式，褪去了纯欧式的华丽光斑，让中国建筑的素朴与简洁，由俗世的艳丽，遁入哲学式的深邃与空灵，变得典雅、庄重和隽美起来。

前门东站独特的站房建筑，是中国近代铁路早期建筑的杰作，也是中国近代化过程中从封闭走向开放的见证。它地处正阳门东侧，紧靠南城墙，北邻东交民巷使馆区，南接正阳门商业区，地理位置特殊，环境闹中取静。

刚建站时，前门东站还没有正式站舍，只有三座站台，其中两座是风雨棚。这是典型的先通车、后建设的产物。

1901 年 12 月 10 日，首列火车从这里开出，标志着前门东站正式开通运营。

自此，从关外过来的列车，经永定门迤东城墙豁口入城，绕天坛东侧，转至东便门向西，穿崇文门瓮城门洞，到达前门东站。这里被确定为关内外铁路北京方向的终点。从火车进出北京城的旅客，纷纷向这里涌来。

于是，在前门两侧数百米内一下子有了两座火车站：前门西站和前门东站。连绵起伏的屋顶，静静流动的河水，浮现天际的城墙、箭楼，将两座热闹非凡的火车站夹杂在内城南墙与护城河之间，好一幅优美的图画。

两座火车站隔街相望，分别由法军和英军把持着，且都在皇宫的门口，算是欺负清政府到了眼皮子底下。两座车站没有铁路相连，东站的火车要想去西站"串门"，必须绕行环城铁路。两个车站的级别和业务范围也不相同，前门东站是客运站，前门西站则以货运为主。

前门东、西火车站地处北京城的中心，也是内外城的交汇处。正阳门内，有内城部院衙门、王公府第，又有各国使馆，往来京城

⊕ 前门东站独特的站房建筑，是中国近代铁路早期建筑的杰作。

的各地人士无不到此一游。正阳门外，向南是繁华的前门大街，各式店铺应有尽有，行人络绎不绝。两个车站建成后，前门一带更是热闹非凡，初来乍到的人一走出火车站，"见到这等京城之重地、气象万千之所，总难免会令人目眩神迷"。

在正阳门东，原来是一条河——御河，向南流入护城河。在城墙下的河道上有栅栏，民间称为水关。御河一带是东交民巷使馆区，与前门东站隔着一道城墙。为了方便搭乘火车，使馆区的外国人刨开水关门上的城墙墙体，在城墙上单开一门，作为东交民巷的南门户。这样一来，从前门两个火车站上下车的外国人，可以十分方便地进出东交民巷，不但省了不少路，而且也不用受正阳门城门管制的限制了。这是北京内城城墙第一次被拆，也象征着清政府失去了对内城门户的控制。

与这项工程同时展开的，还有一条支线铁路，将这条铁路向东延伸至通州。当然，这也与通州作为漕运码头的位置有关。从此，京城和通州之间除了朝阳门到通州的石板路和通惠河的水路之外，又多了一条铁路通道。

翻阅北京市档案馆的馆藏资料，有一本《那桐日记》这样记载："光绪二十八年，岁次壬寅，余年四十六岁。九月初一日（农历），赴天津银钱总厂开工。卯初起，辰初至前门车站，即刻开行。"

这段话的大意是：1902年，46岁的那桐，于10月2日（公历）5时（卯初）许起床，7时（辰初）至前门车站乘车，10时（巳正）

至天津。由此可见，此时前门东站已经开通，从乘车时间 3 个多小时看，乘坐的是北京直达天津的快车，平均车速每小时 40 多公里。

1903 年 1 月，在正阳门瓮城东侧开始修建前门东站站舍，直至 1906 年主体站房落成投入使用。前门东站从开通运营到站舍完全竣工，历时数年，一些配套楼房的添筑工作，直到 1909 年才完成。

候车大厅的东门设有多个检票口，这是各条线路旅客的进站口。过了检票口，是一个大平台，从这个大平台可以畅通无阻地走向各个站台。前门火车站是个标准的起终点站，当年没有任何一条线路是穿越前门火车站的，因此车站的最大特点是不设天桥。相对于全国各大城市的火车站来说，这是非常罕见的。

1904 年 5 月，前门东站开始修建车站栅栏，严禁无票旅客及闲杂人等进站。站房至箭楼间为站前广场，站房北侧为内城墙，南临护城河，设到发线 5 股、机车走行线 3 股。1906 年 4 月，站舍正式竣工启用，在栅栏内始建客票房。车站共设 6 个站台，北边紧挨城墙的是第一站台，向南依次排列 5 个站台，第六站台是货运和行李托运处。同时，正式开始发售站台票。

车站建筑由中央候车大厅、辅助用房、钟楼等组成。车站平面呈矩形，地下二层，地上三层。整栋建筑面积约 3500 平方米，候车室在车站的两端，总面积约 1500 平方米。普通旅客在站内大楼候车，头等舱、二等舱则备有专用候车厅。站内设有问事房、客票房、行李房、公用电话、厕所、无线电报等，一应俱全。车站楼内设有不同等级的客厅，提供各式饮食，以满足乘客休憩之需。车站造型独特，风格迥然，是当时京城的标志性建筑。

最初，前门东站每天仅有两对旅客列车往返于京津之间，单程运行 3 小时 15 分钟。这在当年，却是全国最繁忙的火车站，也是最大的交通枢纽。1907 年至 1910 年间，日办理列车 8 对，列车只在白天运行。1911 年 2 月，才首次开行至奉天（今沈阳）昼夜运行的直达快车。

1936 年至 1937 年间，前门车站日办理列车达 26 对。1937 年，日军将 4 条干线的旅客列车都集中在前门东站到发。1941 年，为拓宽旅客列车进出站通道，前门东站到东便门站间增建二线。1943 年扩建站场，增建到发线 2 股、站台 1 座、机车走行线 1 股。

1945 年，因政局不稳，前门东站日办理列车减少为 18 对，1946 年日办理列车仅 16 对。

前门东站的第一站台，担负着迎送国宾的重要任务。站台平时不显太小，但迎宾送往时就显得很拥挤。想想也是，这个站台要容纳军乐队、仪仗队和群众队伍，同时还有相当多的重要人物，有时少年儿童或专业演员还要在此歌舞一番，真是有点折腾不开。

前门东站大楼前面是一座广场，路北紧贴城墙是一拉溜民族风格的北房。这些高台阶的北房，一律前出廊子。北房向西延伸，并且向北拐。后来加盖的几间同样规格的东房，灰砖灰瓦的房子与后面的城墙协调一致，门窗木料一律用红漆油饰，体现出传统的民族风格。这些房子是当年的火车站派出所。

广场南侧是木板和铁板组成的广告墙。广告墙的后身儿是自行车存车处，广告墙前边整齐地排列着单座三轮车，以及少量的四轮马车。这些三轮车和马车，都是在站前趴活儿的。穿过正阳门城楼向北可以到达棋盘街，当年棋盘街是公共汽车的枢纽站。

岁月流逝，光阴荏苒，前门东站曾经六度易名演变。研读这些站名变化的历程和背景，如同翻阅中国铁路近代发展史。

1937 年卢沟桥事变后，正阳门东站被日军侵占，于 8 月 4 日更名为"前门站"；1938 年 6 月 10 日至 1945 年 10 月，称"北京站"；1945 年 8 月，日本宣布无条件投降，同年 10 月 12 日到 1946 年 3 月，改称"北平站"；1946 年 3 月 9 日，根据当时的交通部平津特派员办公处公报令，改为"北平东站"；1949 年元月，北平和平解放，北平东站回到人民手中，9 月 30 日至 1959 年 9 月，改称"北京站"；新北京站投入使用后，这里又称为"老北京站"。

新中国成立后，人们南来北往愈加频繁，改名后的北京站旅客数量猛增，到 1958 年，前门站每天上下车旅客达到 3 万人以上。这时的候车大厅早已不适应形势，旅客不得不在露天广场排队候车。1959 年 9 月 15 日，位于建国门内北京站前街的新北京站建成开通，被列入向国庆十周年献礼十大工程，前门站被称为"老北京站"。

前门东站完成其历史使命，这座为中国铁路效力了半个多世纪的车站遂被废弃，但站台、站线仍承担着机车折返和入库整备的任务。它的存在和运营，成为附近前门大街商圈持续繁荣的有力支撑。至今，我们还可以在前门大街两侧的许多胡同里，见到旧式的旅店、货栈和商铺，这些都是当年火车开进前门楼的印迹，传唱着古老的故事。

有趣的是，前门西站一直以特有的低调，映衬着前门东站的辉煌。就站房而言，西站低矮简陋，东站高大奢华；就运输品类而论，西站是以粗笨的货运为主，东站是"高大上"的客运，中国近代史上的风云人物，几乎都与东站有过亲密接触。

《京华百二竹枝词》中，有一首在赞美前门东站的同时，也道出了前门西站的差距。词曰："京奉火车车站殊，辉煌真个好规模。试从对面看京汉，西站何能常向隅？"

在这首竹枝词的注释中，作者写道："正阳门左右两车站，东为京奉铁路东车站，西为京汉铁路西车站。今东车站门楼牌额，极为辉煌，西车站尚付阙如，想不日定当一律增修，巍然对峙。"作者的愿望虽好，但未能实现。如今，前门西站已踪迹全无，而前门东站尽管退役了，却以中国铁道博物馆的身影，继续向人们展示着它曾经的辉煌。

英国设计师金达

当年的京奉铁路正阳门东车站，是北京城内的第一座火车站。

这座车站是由英国人克劳德·威廉·金达设计的。

金达何许人也？他是最早来华从事路矿经营的英国工程师。金达在日本长大，娶日本女子为妻。1878 年，开平矿务局设立时，金达被聘为总工程师，负责技术指导工作；1882 年，任开平矿务局第二任总工程师；1891 年以后，任中国官办铁路总工程师。他为中国铁路建设作出了巨大贡献，是其他在中国工作的外国工程师所无法比拟的。他的名字，被镌刻在北京中华世纪坛青铜甬道 1881 年的位置上。

当年，通过天津海关税务司德璀琳的介绍，金达得以谒见李鸿章，面陈修建唐胥铁路的必要性，得到了李鸿章的认同。金达陈述道，唐山陆行至胥各庄后，即可连接芦台河流而入渤海湾，东至秦皇岛以海运至上海，西至大沽口至京津等处。

1891 年，金达受李鸿章聘请，任新设于山海关的北洋官铁路局总工程师。为了解决煤炭运输问题，洋务运动代表人物唐廷枢提出修建运煤铁路。在确定铁路轨距的问题上，金达认为，开平矿务局修筑铁路要汲取日本修建铁路的教训。日本是窄轨铁路，限制了运输能力，所以金达建议唐胥铁路采用的 1.435 米轨距。这一建议被唐廷枢采纳。这个轨距，后来成为中国铁路的标准轨距。在金达的主持下，唐胥铁路顺利建成通车。

金达在设计修建唐胥铁路的同时，曾秘密指挥制造出了中国第一台蒸汽机车，被命名为“中国火箭号”。后来工匠们在机车两侧

⬆ 克劳德·威廉·金达

各镶嵌了一条金属刻制的龙，因此又被称为"龙号"机车。蒸汽机车出现在中国大地上，改写了中国交通的历史。

1881年6月9日，"龙号"机车开始在唐胥铁路上使用。行驶中的"龙号"机车，浓烟滚滚，地动山摇。"龙号"机车运行不久，便蒙受"机车直驶震动东陵，且喷出黑烟有伤稼禾"的罪名，被清政府"囚禁"了。唐胥铁路只好改由骡马上道，拉着煤车在铁道上行进。

1886年，开平矿务局发起成立开平铁路公司。这是中国第一家铁路公司，由金达任总工程师。1887年，开平铁路公司更名为中国铁路公司，准备把铁路修到天津，金达仍任总工程师。

1890年，受李鸿章秘密派遣，金达率领人员勘查东三省铁路线路，为修建通向东北的铁路做准备。1891年6月，在山海关成立"北洋官铁路总局"，这是中国第一条官办铁路，金达任总工程师。这时金达不再担任开平矿务局总工程师，改为开平矿务局顾问，专职修建铁路。

由于关内外铁路管理和工程技术设计为英国人把持，金达自然担任了北京正阳门东站的设计师。他第一次见到北京前门时，就被中国古老的城门建筑所震撼。于是，他在前门东火车站的站房设计中，尽量让更多的中国传统建筑元素与欧式建筑风格结合，体现了对中华文化的敬畏之心。

前门东站采用了当时英国流行的维多利亚风格。大楼坐东朝西，墙体由灰、红两色砖砌筑而成，搭配白色石材，错落有致；在腰线、门框、拱脚边沿等局部饰以白色线脚或红砖条纹装饰，给人以明快清新之感；南侧穹顶耸立着一座五层高的钟楼，四面大钟为人们准确报时；顶上还有一座小凉亭，构成整栋建筑的视觉焦点。车站的主体建筑平面近似方形，中央候车大厅建有拱形山墙，两端镶嵌云龙雕饰，弧顶处的牌匾上书写"京奉铁路正阳门东车站"字样。

有后人评价，金达的这种中西结合的设计风格，是为了平衡中国人的情绪，不得已而为之。但更多的专家以为，这是金达融贯中西文化思想的产物。金达是英国人，在中国工作多年，中西文化的结合成就了他宽广的胸怀和缜密的思路。

遥想 100 多年前，欧洲建筑师们踏上中国这片古老国土时，无疑对东方的建筑充满敬畏之情。他们倾其才能和心血，希望自己的作品能够在这片古老的土地上得以留存。如果仔细观察，不仅是前门东站的站舍，与之遥遥相望的前门箭楼，也充满了异国情调。典型的欧式风格，与中国传统城楼相映成趣，与周边的古老建筑和城墙十分和谐。此外，前门东站还与东交民巷那些风格各异的西式楼房，组成了别致的建筑群落。让中西文化共存于一座城市、一个街区之中，这无疑是一种大胆的设想与创造。

仔细观察，从前门东站高度处理与钟楼的设计等，都可以看出这位英国建筑师的匠心独运。东站的整体高度比前门和正阳门城楼要低得多。虽然是一中一西、一新一旧，可是在视觉上，却让人们觉得相得益彰，并没有格格不入的感觉。这几幢建筑，组成了历史延续和时代演绎的生动范例。

金达对我国早期的铁路建设作出了贡献，还带出了詹天佑等中国最早的一批铁路工程人才。1919 年，58 岁的詹天佑因积劳成疾，英年早逝。一位年过六旬的老人长跪在地上放声痛哭："詹，我的朋友，你是中国，不，也是全世界最了不起的工程师。"这个人就是英国人金达。

"跑"动的钟楼

欣赏 1954 年国庆时的老照片，前门东站的拱顶上已挂起了五颗红星，拱券上书写着"北京站"三个大字。新中国让略显老态的前门东站改换了门庭，新的站名展示新的姿态。正门的雨棚下人来人往，站前广场上不时有小汽车经过。仔细观察发现，老照片中老北京站的钟楼在南侧，现在的钟楼却"跑"到北侧了，这到底是怎么一回事呢？

原来，在 20 世纪 60 年代，为了给修建中的北京地铁 2 号线让路，老前门东站经历了一次大规模的改建。车站大圆拱站房原本在钟楼北侧，由于北侧的站房要拆除腾地，于是以钟楼为中心，做了一场"镜面对称平移"，将钟楼北侧拆除的站房，改在钟楼南侧重建。钟楼和部分原墙保留原结构，其余建筑左右对调。这样一来，大圆拱站房"跑"到了钟楼的南侧，只有钟楼的北西墙和北墙西边一段保留了原有的结构和砖墙，其余的墙体都是改造后的钢筋混凝土结构。据说北面墙的每一块砖都是有编号的，可算是古董级的宝贝了。

这种移花接木的手法，尽管有着"调包"的嫌疑，老车站的建筑外观却比较真实地保存了历史原貌，保持了欧式建筑的风格。钟楼一直站在这里，风中透出它均匀的呼吸。虽然只是一座钟楼，却足以抵御时代变迁给记忆造成的残缺，让人们重温那个年代的血脉精髓和原物风采。

这种残缺美的置换，如同鬼斧神工一般，天衣无缝，看不出破绽。同时，具有标志性的钟楼在北，临近天安门和前门北大街，更加突出了建筑的主体形象。原建筑的多种构图要素，在改建后继续担任主角，经常勾起人们对往昔旧站貌的亲切回忆。

只是原来钟楼北面站房的位置，早已成为前门东大街的主干道。

当初英国人金达设计这座火车站时，就考虑到了北侧的前门楼子。他不把钟楼放在北侧，就想到了前门楼与钟楼容易在同一侧重合，破坏美的协调和平衡。必须让钟楼在南侧，和前门楼子对视，这是基本的美学原则。没想到日后碰上了修地铁，美学得让位于现实了。

显然，身不由己的钟楼只能是一声叹息。但在那声叹息的背后，我们看到的是风雨里的平静面孔。它依旧傲然屹立着，笑看世间。

如今老迈的前门东站只剩下这一个前脸儿，也就是保留了以前的候车厅。它最重要的部分，即站台以及站台后面的货场等全部消失，拆除得没有了一点儿影子，取而代之的是拔地而起的高楼。

当然，还有最重要的是，与老前门东站连为一体的北面的明城墙和南面通向大运河的护城河，统统都没有了。而这一墙一河，却是当年前门东站依托存在的背景。我有理由认为，这里曾经的明城墙和护城河，既是前门东站的历史背景，也是北京城的地理背景。失去了这样最宝贵的背景，仅仅是前脸儿油饰一新的前门火车站，就如同仅仅拉上一道新漂染的幕布，里面的舞台和后台已经是空空如也了。

然而，现实的残酷也正是如此。

电影《青春之歌》里的林道静，第一次来北京，就是从前门东站下的火车。她走出车站，背后就是火车站的钟楼，眼前就是前门楼子。影片中，蓝天白云下，火车站的钟楼和前门楼子相互辉映，林道静是那么漂亮，她身后的火车站钟楼也是那么漂亮。

退役后的老前门东站，很长一段时间如同一个弃妇一样，门前冷落鞍马稀。那时候，售票处还在，货场还在，老城墙还在，废弃的铁轨也还在，它们相互安慰着，在阳光或月光下，各自闪着谁也看不懂的光。城墙是明代的，火车站是清朝的，但是，那时候人们崇尚日新月异，老的不值钱，可以随便废置和丢弃。

前门东站退役后，其旧址的功能和外貌曾几度改变。先是在原址成立了北京机务段，后又用作铁道部科技馆、北京铁路职工俱乐部、商城等。1997 年，铁道部对前门东站的原建筑进行维修、扩建。2004 年，这里被北京市公布为划定文物保护单位及建设控制地带，保护范围为现状建筑本身及散水、台阶投影范围，由此成为北京城的地标性建筑之一。

2008 年，建立在前门东站旧址上的"中国铁道博物馆"正式开放时，火车站的月台和货场，还有那些纵横交错的铁轨，早已不复存在，让许多人觉得遗憾。有专家认为，如果当年保存站舍后面的月台和货场，还有远伸的铁轨，与候车大厅、钟楼成为一体，当年的老火车站就有了具体结实的支撑，一座火车站与一座博物馆，这才是名副其实的。

我想起了厦门老火车站，它竟然保留下来了原有的一切，成为一座让人怀旧的火车站主题公园。老铁轨跑不了火车了，但老物件承载着记忆，远伸的铁轨和古朴的月台，成为人们拍照的好景致。

摄影 / 原瑞伦

青草和花朵蔓延着铁轨，铁轨间铺着防腐木，人们徜徉在这幽静的小径，不禁浮想联翩，原来废弃的火车站居然也可以如此美丽。

我在美国访问时，曾去过离费城不远的一个名叫新希望（New Hope）的小镇。当年这里也有一个美国最早的老火车站，可以直接通往费城和纽约。如今这个火车站废弃了，但还保留着老站台、老铁轨和信号灯。老式的蒸汽机车，拉着几节老车厢，每天定时开动，汽笛声声，喷吐白烟，拉上游人在小镇转上一圈。站台的背后，是一个花木扶疏的街心花园。

眼下的前门老火车站，如果也能保留下月台、货场和铁轨，该有多好。前面是中国铁道博物馆，后面是铁路主题公园。当然，如果能保留下南面的护城河、北面的老城墙，那就更好不过了。

前门东站是今日北京站的前身。有人说，北京站的建站时间应该是前门东站开出第一列火车的时间，也有人坚持应该是从车站站舍建好时算起。由此，北京站的建站时间就有了 1901 年还是 1906 年之争。不过，现在通常认定的是前一种，即北京站的建站时间 1901 年 12 月 10 日。这是老前门东站开出第一列火车的日期。

京师环城铁路

打开北京地铁线路图，在密如蛛网的线路中，你会发现有一条线路是与老北京的城墙基本重合的，它就是地铁 2 号线。早在它诞生之前,同样在这条线路上,曾有过一条铁路,它就是京师环城铁路。自 1916 年建成通车,到 1971 年全部拆除,这条铁路存在了 55 年。京师环城铁路用半个多世纪的时间,从容地从地上走到了地下,实现了精彩的华丽转身。

遥想一百多年前,一个北京市民想从西单去东单,那可不是一件容易的事。这中间隔着一座紫禁城,得绕一大圈才能到目的地。那时的北京城还保持着皇城的格局,街道是按照传统格局设计的,每隔一段距离就建有牌坊,宽度仅可容纳两辆马车交会,人力车、马车、骡车是主要的交通工具。

民国初年,北京的户籍常住人口 72 万,加上外来人口,近百万人需要吃饭、穿衣、出行、取暖,仅粮食和煤炭的需求量每天就有数百吨。随着北京城人口的不断增长,马车、人力车这些传统的交通工具,已经跟不上人们出行和物资运输的需求。

当时北京已经拥有了京绥、京奉、京汉三条铁路,乘坐火车往来京城,是民国初年外地来京人员唯一的交通选择。这三条线路的火车站集中于前门左右及西直门外,乘坐京汉铁路或京奉铁路来京的旅客,可以直达城市的中心——正阳门,而在西直门外京张铁路上下火车的人们则更为不便。西直门外在当时属于外城,只有去往京西北的旅客在此上下火车还算方便,其余的人,无论是探亲访友,还是做生意买卖,都需搭乘其他交通工具进城。

除了旅客进出城不便外,货物运输也很不方便。千里之外的物资运送到北京，已不再是什么难事，难的是这最后的几公里，如何将物资运到各个城区，成了一件棘手的事。

据《北京市志稿》记载：民国五年（1916 年）北京内外城人口已经达到 80 多万。如此多的人口所需的物品自然也多，米、面、粮、油、煤炭、木头、石头等大宗货物，都要通过火车数以百吨地运入北京。这么多的货物进京后，虽然可以先卸在前门、广安门、西直门等几个火车站附近的货场内，但要运送到京城其他地方，商家就还需要另花费一大笔运费。

为了解决这一问题，交通部总长朱启钤决定修建一条环城铁路，将北京城内的京张铁路、卢汉铁路和京奉铁路贯通，解决城内粮食和煤炭的运输问题。具体构想是，将北京当时已经建成的西直门火车站、前门东站和前门西站统统连为一体，同时让每个城门都设有车站，方便来往京城的人们出行，方便货物的疏散和旅客的上下。

1915 年 4 月，朱启钤呈送了《京师环城铁路勘定路线并修改瓮城情形绘图呈请钧鉴文》，交通部查核后认为可行，方案很快得到了大总统袁世凯的批准。新铁路由京张铁路局承修，指挥部设在京张铁路的西直门站，取名为"京师环城铁路"。

这年 6 月，京师环城铁路工程启动。1916 年 1 月 1 日，北京环城铁路全线建成通车。这条全长 12.6 公里的铁路，在西直门与京张铁路接轨，然后沿着北京城墙与护城河之间的荒地上顺着城墙，经德胜门、安定门、东直门、朝阳门到东便门、崇文门六座老城门，与京奉铁路接轨，向西走今天的明城墙遗址公园，过崇文门到前门东站，再经前门西站，与卢汉铁路相遇。由此，形成了完整的北京环城铁路网，使北京成为连通全国的主要铁路交通枢纽。

京师环城铁路打通了东南角楼和东北角楼两侧的城墙，并按中国传统的拱券式门洞修建了火车券洞，铁路在两座角楼的内侧穿洞而过。所有的线路均是沿城墙铺设，并没有为修筑铁路而彻底拆毁城墙和城门，只是仿照正阳门的方式，将德胜门、安定门、东直门和朝阳门四座城门的瓮城拆除，在空出来的地方兴建铁路站房。线路走向利用了城墙和护城河之间的隙地，避免对于城外民房和坟墓的拆迁工作，从而大大节省了开支，是一项非常人性化的工程。也许当初出于安全或减小噪声的考虑，在铁道靠近城区的方向建了一道高大的弧形隔墙，生活在内城里的人见不到"穿城墙"的火车。

为了充分利用城墙和护城河之间的空间，在环城铁路附近都建有货场。环城铁路作用之一便是解决煤炭运输，因此环城铁路沿线有比较多的煤场。

环城铁路建成后，人行其便，货畅其流。无论居住在京城东、西、南、北哪个方向的人们，都可以快速搭乘火车，而且换乘京张铁路、京汉铁路或京奉铁路也都极为方便，货物运输也变得更为快捷，解决了各城区粮食、煤炭的运输问题。如从京张铁路运来的货物，在此之前，都需先存放在西直门外的货场内，这里常常是"货满为患"，货主们不得不为自己千里迢迢运来的货物没地方存放而发愁。

环城铁路修好后，这种情况终于有了改善，货主可以利用环城铁路先将货物送抵前门，然后再通过京汉铁路或京奉铁路运往全国各地，大大提高了北京物资的流通速度。

1916 年 3 月，京绥铁路的旅客列车由西直门车站改在了前门东站发车。自此，三大铁路干线汇集于前门两个火车站，北京前门成为全国铁路的交通枢纽中心。就连小商贩们的吆喝里也带上了火车："东北大榛子啊！坐火车来的前门站啊！"叫卖声此起彼伏，伴随着火车的汽笛声、洋车的铃铛声，嘈杂而热闹。

繁荣的市场，给地处闹市的前门东站和西站货场带来了很大的压力。京绥、京汉、京奉铁路的货物都汇聚于此，导致货位严重不足。这时京绥铁路局找到京汉铁路局商量，共同修建环城铁路西南接轨的工程。京绥铁路局负责修建环城铁路西便门至西直门之间的铁路联络线，京汉铁路局则负责修建京汉铁路广安门至西便门之间的铁路联络线。历时 3 年，至 1919 年 8 月，两段联络线接通。由此，京师环城铁路实现了全线贯通。

姜文的电影《邪不压正》，曾再现了这条早已消失在历史中的铁路：电影开场不久，彭于晏饰演的李天然坐火车回到北平，火车从北平城东南角楼前穿过。一边是减速进站的火车，一边是白雪覆盖的城墙马面。火车停在前门东站，亨德勒接上李天然，开车从东直门城墙门洞穿过。

1959 年，新建的北京站开通，东便门站至朝阳门间线路被拆除。

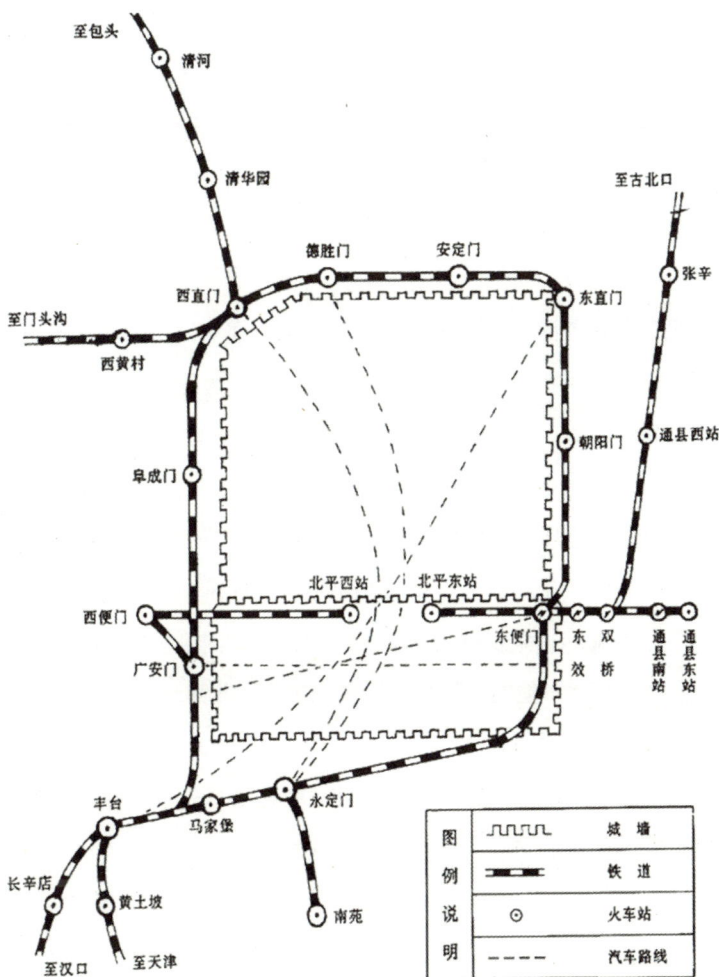

至包头

清河

清华园

德胜门 安定门 张辛

至古北口

西直门 东直门

至门头沟

西黄村

朝阳门 通县西站

阜成门

北平西站 北平东站

西便门 东双 通县东站

广安门 东便门 桥 通县南站

丰台 效

马家堡 水定门

长辛店 黄土坡 南苑

至汉口 至天津

图	ꓮꓮꓮꓮ	城　墙
例	▬▬▬▬	铁　道
说	⊙	火车站
明	- - - -	汽车路线

⊕ 1919 年的北京环城铁路平面示意图。

1962 年 2 月 3 日，撤销环城铁路东直门站、德胜门站。1969 年 7 月 31 日，遵照周恩来总理的指示，自 8 月 1 日停止使用广安门至西直门间铁路，并立即着手拆除工作。为了配合北京地铁二期工程，1971 年年底，环城铁路西直门至东便门的线路被拆除。至此，存在了半个多世纪的京师环城铁路完全消失，一同消失的还有德胜门、安定门、东直门、朝阳门四座车站。

虽然环城铁路已经消失了几十个年头，在东便门的明城墙遗址公园还能看到一些遗迹。从东便门角楼沿着城墙往西走，那城墙中间的大豁口，就是当年环城铁路为驶向前门车站的火车开的大门儿。再往前溜达，一座尖顶的欧式小楼，是当年铁路的一个站房，与它遥遥相对的就是环城铁路的终点前门东车站。

历史记住了朱启钤。他曾任北京巡警厅厅丞，北洋政府交通总长、内务总长，北洋政府代理国务总理，新中国第一届全国人民代表大会特约代表。他的一生经历了清朝末年、北洋政府、国民政府、新中国四个历史时期。

1961 年，朱启钤老人 90 寿辰时，周恩来总理亲自在全国政协为他主持了祝寿活动。

第三章

月台上风云变幻

　　火车站的月台，是一个记忆时光、情感和故事的地方。

　　这是一个日夜轮换开演的大舞台，一年四季不曾停歇。铁轨制成的柱梁，支撑着月台长亭，老旧格调的月台，散发着淡淡的沉香韵味。忽明忽暗的灯光下，来来往往的乘客，匆匆忙忙的火车，来了又走，走了又来，或一见如故，或擦肩而过。月台默默地注视着，火车驶过，人流涌动，是永远不变的风景。

　　长长的火车站月台，是人生记忆的长廊。在中国人的文化观念里，许多无生命的物，都与生命、岁月、情感有着神秘的联系。用石条铺就的月台，不仅可以瞬间复活全部的生命记忆，而且可以穿越时空，擦去时光的全部痕迹。这正是月台的魅力。

　　人生要经历多少个月台，才能走完一个完整的旅程？这一站还是人潮涌动，下一站或许就是形单影只了。新旧交替，迎来送往，月台总会给你以万般的喜悦与感慨。历经坎坷与繁华，阴晴与圆缺，哪怕是痛苦离别，也独有一番难忘的滋味。

伫立前门东站的月台，能让你近距离感受北京城的古老，感受大前门的傲然正气。顺着月台的视线望去，一边是巍峨逶迤的明城墙，一边是波光潋滟的护城河。火车启动，靠近车窗的旅客，就会与城墙或河流平行移动，沿着铁路的脉络梳理逝去的故事。老北京人说，这可是咱北京的原装儿。在世界上任何一个地方，都不可能找到如此拥有独到历史韵味的火车站。

20世纪上半叶，中国正处于改朝换代、风云变幻的动荡期。四面八方的人流，北至天津、奉天，南至保定、汉口，东至南京、上海，西至包头，或从前门东站上车，或乘火车到达这里。许多志士仁人、政界名流，从各地纷纷汇集于此，又从这里奔赴各地，将无数脚印留在了苍茫大地上。这些名声显赫的人物，给前门东站的月台镀上一层耀眼的光影。

如果说前门东站是一本厚重的书，月台就是它的书页，人流就是书页上的文字，记载着中国近代史上的大小事件，以及诸多传奇和悲欢离合。前门东站的月台，"曾经沧海难为水，除却巫山不是云"，拥有历经世事风雨之后的那份从容与淡定。平静时暗流涌动，喧哗时心如止水，彰显出收束于定力中的那种特有张力。月台上刺杀五大臣事件，震惊海内外；章太炎化装潜逃，月台上被抓遭软禁；张勋复辟，曾在月台上耀武扬威；斯诺护送邓颖超脱险，月台闯关成功……

月台沧桑，阅尽人间百态。这里回荡着中国近代风云人物的浩然正气，也留下了历史小爬虫的污秽印迹。当一个个丰盈的生命与一片博大的土地相遇时，必然会演绎出动人的历史传奇。小格局的人生，终究逃脱不了世俗的肤浅与人生的沉沦。一个个尘封已久的故事，或是一层耀眼的金色，或是一丝羞耻的黑色。

刺杀五大臣事件

20世纪初，是中国历史最为动荡的时期之一。在一片立宪与革命的呼声中，腐败的清政府风雨飘摇。就在这个时候，前门东站发生了一件足以载入史册的大事件。

1905年7月16日，清廷宣布立宪新政重要措施，派出了五位大臣，兵分两路分别赴欧美各国"考察政体及经济主事"，号称"五大臣出访"。按计划，镇国公载泽、兵部侍郎徐世昌和商部右承绍英赴英国、法国、日本和比利时等国；户部侍郎戴鸿慈、湖南巡抚端方赴美国、德国、意大利和奥地利。

与此同时，一位名叫吴樾的年轻人，却正在策划一起暗杀事件。当得知五大臣要从前门东站出发时，便开始盘算使用炸弹实施暗杀计划。行动之前，吴樾写下了《指斥清朝政府"假文明之名，行野蛮之实"》的檄文，揭穿了清廷立宪的骗局，表达了自己的愤怒心情。这篇文章即成为他的绝笔。

吴樾选择了对北京情况较熟悉的学友孙岳和张榕作为助手。三人利用学堂假期，秘密携炸弹来到北京。当时北京的旅店都有一种习惯，即店家为了结账方便明了，以及为店客和访友之间容易查询探访，均将住店客人姓名写在一个长方形小木牌上，俗称水牌。并将水牌公开挂在柜台后面的墙上，以使店家、店客、访友都一目了然。若使用"安徽吴樾"的名字挂出，很容易暴露身份。孙岳选择了一家熟悉的旅店，位于离前门东站不远的廊房头条一带，以"高阳孙岳"的名字挂牌。同时，旅店附近有多家绸庄布店，方便孙岳选购吴樾行动时的服装。

1905年9月24日，五位大臣身负朝廷使命，带领大批参赞随员，前呼后拥地来到前门东站，准备去天津乘海轮，开启出国行程。月台上，五大臣得意地向送行的人群招手致意。此前，吴樾三人一早离开旅店，直奔前门东站，混入月台。便装的孙岳和张榕在站内月台上把望掩护。

吴樾一身仆役打扮，从容接近五大臣乘坐的第三节车厢。当吴樾怀揣炸弹即将踏入车厢时，引起卫兵怀疑而被询问。吴樾假称自己是徐大人的随从，卫兵质疑。吴樾怕行动暴露，趁卫兵转身之际，把手伸进衣服里，抓住了自制的撞针式炸弹，准备投向五大臣。不巧就在这一瞬间，火车头后退与车厢挂钩，引起车厢剧烈震动，吴樾手中的炸弹被震落车厢地板，立即引起爆炸。车厢被炸毁，五大臣中只有绍英、端方、戴鸿慈三人受轻伤，吴樾则当场死亡。孙岳

⬆ 车厢被炸毁，五大臣中只有绍英、端方、戴鸿慈三人受轻伤，吴樾则当场死亡。

和张榕站在月台进口处，因距离较远，安然逃脱。

吴樾"肠穿肢断，面目模糊"，牺牲时年仅 27 岁。

这便是震惊中外的"刺杀五大臣事件"。吴樾刺杀大计虽未成功，但撼动了清王朝的心脏，震撼了整个中国，极大地鼓舞了革命志士的斗志。清王朝愈加感受到末日来临。

天子脚下的北京城，朝廷命官竟然被炸，可谓是震惊朝野。慈禧太后闻讯后急令京城戒严，追查行刺之人及其党羽。袁世凯亲自侦办此案，下令"要将涉案的贼臣乱党抓捕归案"。

由于刺客的下半身已炸烂，肠腹迸裂，手足皆飞，面孔血肉模糊已难辨认，骨骸陈列多天也不见有人来认领，刺杀五大臣案陷入了扑朔迷离之中。后来，清廷的侦探史某偶然到桐城会馆，才得知这件震动全国的谋刺案的发难者是秘密革命组织"少年中国强学会"的吴樾。

吴樾，清末桐城人，光复会会员。1902 年就读于保定高等师范学堂，早年曾应科举，庚子事变之后，对清政府失望透顶，因爱国而主张改革，由赞成立宪转而拥护革命。

早在 1905 年 2 月，湖北省反清革命小团体"科学补习所"成员王汉谋刺清朝户部尚书铁良未成，之后留下遗书和手枪，投井自杀。这起刺杀未遂事件，给吴樾以极大的刺激。于是他在这年春天，完成遗作《暗杀时代》，阐明自己的革命主张。

从时间和《暗杀时代》的内容看，此时吴樾行刺的具体对象是亲贵大臣铁良，而不是五大臣。当清朝廷宣布"五大臣出访"后，吴樾认为清廷行此事，"以欲增重于汉人奴隶义务，以巩固其万世不替之皇基"，是欺骗民意。他怒不可遏，于是将目标由刺杀铁良转而指向炸死五大臣。

孙中山先生得知吴樾的壮举后，写下了四个大字"浩气长存"。柳亚子在《磨剑室文录》中这样写道："吴樾一击，鼠首未殉，而鸾翮先铩，至今谈者酸鼻。"

由此，保皇派与革命派两股势力撕破脸皮。自吴樾死后，很多青年革命志士仰慕吴樾大名，盛赞其义举，步其后尘者越来越多。这对辛亥革命的爆发起到了极大的推动作用。

吴樾的血肉之躯，让清廷大臣出洋考察宪政推迟了两个月。慈禧太后吓破了胆，命人将颐和园城墙加高一米。这年12月，新任命的五大臣又先后踏上了旅途。"预备立宪"只是清廷蒙蔽民众的权宜之计，出洋考察也没能挽救清王朝倾覆的命运。在随后的几年里，暗杀此起彼伏，革命形势风起云涌，在腥风血雨中，一个新的时代即将来临。

章太炎化装出逃

1916年5月18日傍晚，一辆装满宪兵的敞篷汽车，突然停在了前门东站广场。宪兵迅速跳下车，包围了车站，将各个进站通道

↑ 章太炎

把守得严严实实，对过往旅客逐一进行搜查，然而一无所获。

紧接着，宪兵来到了月台上，登上了即将开行的列车，对车厢逐个进行搜寻。

车门前，宪兵拦住了一位白胡子老者，一把拽下了他的白胡子："嘿嘿，您就是章太炎先生吧？袁大总统请您回去呢。"

白胡子老者被拽掉胡子后，立即还原成一位四十多岁的中年人。他哈哈一笑："我正是章太炎，不死于清廷购捕之时，而死于民国告成之后，吾何言哉！"说完，大义凛然地跟着宪兵走了。

就这样，因反袁称帝而被软禁的章太炎，再一次出逃不成。他在前门东站被抓后，重新被软禁在了东四钱粮胡同的一座四合院。

章太炎乃清末民初民主革命家、思想家、著名学者，研究领域涉及小学、历史、哲学、政治、朴学等，著述甚丰，乃世人眼中高山仰止的泰山北斗。如他的学生鲁迅所言，章太炎首先是一个革命家，其次才是国学大师。当时，他座下的十大弟子，后来个个功成名就。如黄侃、钱玄同、鲁迅和周作人等。自晚清以降，章太炎一直就是立于潮头的革命先行者。

章太炎满腹经纶，想听他课的人太多，每次上课都会有五六个弟子陪同，其中不乏大师级人物；台下更是一派"人头攒动"的盛景。章太炎不仅学问做得好，还积极投身改造时代，不拘小节，喜则褒之，恶则骂之，是个浑身长刺的主儿，人称"章疯子"。

1897 年，章太炎任《时务报》撰述，因参加维新运动被通缉，流亡日本。1903 年，他因发表《驳康有为论革命书》并为邹容《革命军》作序，触怒清廷，被捕入狱。1906 年出狱后，孙中山迎其至日本，参加同盟会，主编同盟会机关报《民报》，与改良派展开论战。

1912 年，中华民国初创。深孚众望的革命领袖孙中山，为减轻民众痛苦，避免使中国陷入内战的灾难之中，毅然辞去临时大总统的职务，让给当时的实权人物袁世凯。袁世凯上台后，心里有鬼，没有底气，惧怕章太炎这尊真神，便给了章太炎一个总统府高等顾问的空衔，不久又委任其为东三省筹边使，调出北京。

很快，袁世凯就违背了自己的承诺，一步一步地走向专制。他先是暗杀了绊脚石宋教仁，后又收缴国民党议员的议员证。孙中山愤而发起二次革命，遭到袁世凯残酷镇压。孙中山、黄兴被通缉，再次逃亡日本。袁世凯以"叛乱"罪名下令解散国民党，国会随之解体。袁世凯就此摆脱了议会和宪法制约，成为真正独裁的寡头大总统。

章太炎如梦初醒。作为坚定的革命党人，他不愿意逃亡海外，而是选择了直面袁世凯。章太炎决定从上海来北京，与袁世凯当面对质。很多亲友都劝阻他，章太炎说："我决定要去面质包藏祸心的袁世凯，明知是虎穴，可是不入虎穴，焉得虎子？"

1913 年 8 月 11 日，章太炎在前门东站刚下火车，就被袁世凯的手下盯上了。这帮人不动声色，总是不远不近地紧跟章太炎的前后，对他特别"关照"。一日，章太炎外出赴宴，才察觉自己进出都有袁世凯的宪兵跟随，他勃然大怒，抡起手杖追打宪兵。随后，章太炎心情大好，高兴地说："袁狗被我赶走了！"

自那以后，章太炎对袁世凯更是恨之入骨。他在北京城每日以花生下酒，一边剥去花生壳一边念念有词："杀了袁皇帝的头矣！"直至喝得酩酊大醉。

幽禁期间，"章疯子"变得愈来愈疯。他在住所的门窗上、桌上遍写"袁贼"二字，以杖痛击之，称作"鞭尸"；又扒下树皮，写上"袁贼"字样，然后丢入火堆烧掉，大呼："袁贼烧死矣！"整日以此为乐。

章太炎天天来总统府"砸场子"。一天两天倒也罢了，三番五次地"撒泼"，袁世凯也忍不住了。当然，章太炎先生的名头太大，袁世凯不可能对他怎么样。可就这样把他放出去，袁世凯心里又有所不甘。于是乎，袁世凯想到了"被精神病"这一招。

1914 年 1 月初，章太炎独自来到前门东站，准备乘火车离京。不料被军警阻拦，争吵起来后，他被强行带到警察局。1 月 7 日，章太炎出现在了北京大总统府招待室。他首如飞蓬，衣衫不整，留着长长的指甲，大冷的天却手持羽扇，扇柄上摇摇晃晃坠着一枚景泰蓝做的大勋章，委实不像善类。章太炎要找大总统评理，可久等不见，便大跳大闹，手脚并用，将招待室的器物尽数损毁，并大骂袁世凯为"包藏祸心"的"独夫民贼"，势必"身败名裂"。

袁世凯大怒，命人备车马将他骗出了总统府，然后送至总统府附近的军事教练处好生"招待"。袁世凯对外宣称，章太炎先生得了精神病。然后，派宪兵队队长拘押着章太炎去"看病"了。自此，章太炎过上了软禁生活。

其间，章太炎曾决意绝食，"以死争之"。后又打算从囚禁的地方逃走，几次托人买好了去天津等地的火车票，都是在前门东站被宪兵拦截，多次不成。

据京师警察厅档案记述：在此期间，章太炎曾多次化装潜逃，都是奔向同一个地点，即前门东火车站。他要从这里坐火车，逃往外地，或天津，或上海，或更远的地方。有一次，他刚到车站广场，就被宪兵追上了。还有一次，章太炎已经进了车站上了车，就在列车即将启动时，宪兵冲进了车厢，将他抓了个正着。

1916 年 6 月 6 日，袁世凯帝王梦碎，蹬腿西去，章太炎才重获自由。经此一难，章太炎的声望大涨，成了反袁的英雄。在监禁期间，章太炎完成《章氏丛书》初编。

张勋复辟抢占火车站

遥想当年，张勋复辟帝制，他带着"辫军"进北京，首先抢占了前门东站的月台，封锁了铁路，叫停了火车。

1912 年 2 月 12 日，清朝末代皇帝爱新觉罗·溥仪颁布退位诏书。中国持续两千多年的皇权统治画上了句号。辛亥革命推翻了清王朝，却没有彻底革除顽固的皇权思想，也没有构建起一个现代国家的根基。民国成立仅仅 6 年，就发生了两次复辟事件，一次是袁世凯称帝，一次是张勋复辟。

袁世凯死后，《中华民国临时约法》恢复，国会也重新开场了。曾任副总统的黎元洪当选为总统，冯国璋当选为副总统，段祺瑞为内阁总理。段祺瑞俨然以北洋首脑自居，与黎元洪矛盾尖锐。国会也由此分为两派，闹闹哄哄，吵得不可开交。

黎元洪看出北洋军并非铁板一块。段祺瑞、冯国璋两个首领之间就存在巨大裂痕。于是他与冯国璋暗中勾结，于 1917 年 5 月，下令免除段祺瑞内阁总理职务。

这下子可捅了马蜂窝。段祺瑞是北洋军的灵魂人物，北洋军诸多将领都认为，黎元洪此举就是与北洋军为敌。随后的几天里，奉天、安徽、山东等八个省的督军先后宣布独立，脱离北京政府。

⊙张 勋

黎元洪阵脚大乱，病急乱投医，他想到了长江巡阅使张勋。

张勋在北洋诸将中是个异类。民国都五六年了，他脑袋后面还拖着条辫子舍不得剪。他不但自己不剪辫子，也不许手下的士兵剪辫子。因此，张勋人送外号"辫帅"，其部队则被称为"辫军"。张勋对这个外号不但不排斥，甚至还有点儿自豪。他一直热心复辟清室，就是要用辫子表达自己对清廷的忠心。

6月7日，张勋以调解段祺瑞和黎元洪冲突为名，令"辫军"自徐州沿津浦线北上进京。为了阻止段祺瑞、徐世昌等人起兵讨伐，他下令将京奉铁路拆毁两公里，致使京津间交通隔断数日。

6月14日下午3时，张勋偕同李经羲、张镇芳、段芝贵、雷震春等乘火车进京，在前门东站下车。月台上壁垒森严，从火车站至南河沿张宅，军警夹道警戒，并分段布置"辫军"的步哨和岗哨，城楼上和城墙上都站有全副武装的兵士。

张勋头戴红顶花翎，偕同定武军四个统领乘汽车到神武门，换乘肩舆到清宫，由清室内务府总管世续导入养心殿，谒见溥仪。6月30日，张勋命令他的"辫军"把京津临时警备总司令王士珍、副司令江朝宗和陈光远，以及京师警察厅总监吴炳湖"请"来，突然宣布："本帅此次率兵入京，并非为某人调解而来，而是为了圣上复位，光复大清江山。"决定明晨请皇上复位。

张勋下令打开城门，五千"辫军"全部进城，迅速抢占了前门东站等要地。"辫军"在火车站广场安营扎寨，在月台上生火做饭，虎视眈眈地把守车站各进出口。各大小城门都有"辫军"驻守。

7月1日凌晨，张勋身着清代的朝服朝冠，率领康有为等群党，拥12岁的溥仪登基。

在张勋的操办下，小皇帝立刻发布了八道上谕，把民国六年改为宣统九年，恢复清末官制，封官授爵；封黎元洪为一等公，任命张勋、王士珍、陈宝琛、梁敦彦等为内阁议政大臣，同时宣布了一些大臣的任命。

张勋见小皇帝坐上了龙椅，便甩开马蹄袖，领着众人匍匐在地，向溥仪行三跪九叩首大礼。接着由张勋奏请复辟说："（五年前）隆裕皇太后不忍为了一姓的尊荣，让百姓遭殃，才下诏办了共和，谁知办得民不聊生……共和不合咱的国情，只有皇上复位，万民才能得救……"

凌晨4时，张勋派清室旧臣梁鼎芬等人，带着小皇帝赐封黎元

⊕ 张勋的"辫军"前往天坛。

↑ 冯国璋

洪一等公的诏书和康有为预先代写的"黎元洪奏请归还国政"的奏折，叩开总统府的门，要黎元洪在奏折上签字。黎元洪听明来意后，分外惊愕，知道自己上当了，前门才赶走段祺瑞那只狼，后门却引来张勋这只虎，便严词拒绝说："总统的职位，乃出国民委托，不敢不勉任所难。若复辟一事，乃是张勋一人主张，恐中外未必承认，我奈何敢私自允诺呢？"

次日，黎元洪通电副总统冯国璋代任总统职务，自己逃到东交民巷日本使馆区避难去了。一夜间，北京城又回到了清朝时候的景象：大街上到处是龙旗；没有朝服的人，就急忙到旧衣铺去抢购朝服；没有发辫的人就到戏装店定做，将用马尾制作的假辫子戴上。人们穿上长袍马褂，晃着真真假假的大辫子招摇过市。

张勋复辟，倒行逆施，立即遭到全国人民的强烈反对。全国各地尤其是南方各大省会召开万人大会，各家报纸发表大量文章，一

↑ 段祺瑞

致声讨张勋。

段祺瑞在天津发表讨张通电和檄文，组织起"讨逆军"，自任讨逆军总司令，于12日拂晓攻进北京城内。"辫军"一触即溃，在"讨逆军"的两路夹攻下，有的举起白旗投降，有的剪掉辫子扔掉枪支逃命。

张勋满怀被段祺瑞利用、出卖的怨恨，仓皇逃到荷兰使馆躲藏起来。当日，只做了12天"北京皇帝"的溥仪再次宣布退位。

14日，段祺瑞从天津乘火车返回北京。他踏上前门东站月台，眼前一片狼藉，满目疮痍。前门楼还在，依然矗立。

段祺瑞微微一笑，走出火车站，威武地步入总理府，重新掌握起了国务总理的大权。

冯玉祥的火车缘

冯玉祥以"北京政变"闻名天下。

他是中国国民革命军陆军一级上将。他作战英勇，纪律严明，爱兵如子，一生传奇，享有"布衣将军"之称。

冯玉祥转战南北，四处奔波，经常出入北京城，全是乘坐火车。于是，他与前门东站结下了不解之缘。

据《绮情楼杂记》记载，这年冯玉祥来北平，人们到前门东站欢迎他。但火车到后，冯玉祥竟然不在车上，原来他在前一站下车后，扛了一袋面粉入了城。

1913 年，冯玉祥带着一名护兵从北京坐火车去河南新乡。从前门东站出发，火车轰隆隆行驶在夜色里，冯玉祥也不知道到了哪个车站，于是向茶房打听："离新乡还有几站？"茶房回答："还有四站。"冯玉祥叮嘱护兵："记住，还有四站，咱们就下车，不要坐过了。"护兵也非常认真，嘴里念叨着："再有四站就下车。"

叮嘱完毕，冯玉祥似睡非睡。火车经过一站又一站，他一直在心里默记着。眼看着第四站要到了，他突然听见护兵说："到站了，下车。"于是匆忙下车。下车一看，两人顿时傻眼了，只见一座岳王庙映入眼帘，原来他们下车的站是河南汤阴县，离新乡还有好几站呢。

不论是"茶房"记错了车站，还是冯玉祥数错了站，这个故事

⤊ 冯玉祥

说明两点，一是冯玉祥将军平易近人，二是民国火车不报站，给旅客带来了很大的不便。

1924 年 9 月，第二次直奉战争爆发，奉系军阀张作霖、直系军阀吴佩孚和直系首领曹锟之间，大动干戈，开始了又一轮的相互搏杀。冯玉祥原是直军重要将领，战功卓著，却受到吴佩孚排挤。在孙中山的推动下，冯玉祥决定倒戈，寻机推倒曹、吴军阀统治。

9 月 18 日，冯玉祥趁吴佩孚在长城山海关一线与奉军激战之时，率部从古北口、密云前线秘密回师北京。10 月 21 日，冯玉祥命鹿钟麟率部以昼夜 200 里的速度驰赴北京。这支 3000 余人的部队，沿途切断电话线，封锁消息，以最快的行军速度悄无声息地向北京直扑而来。

22 日下午，鹿钟麟部队抵达北苑，与留守司令蒋鸿遇会合。深夜 12 点，鹿钟麟轻装简骑到达安定门。夜幕沉沉，城内一片寂静。守城的孙岳部队里应外合，大开城门，迎接鹿钟麟。23 日凌晨，冯玉祥部队占领北京城，包围了总统府，囚禁了贿选总统曹锟。

冯玉祥部队进入北京城后，第一件事就是占领了前门东火车站。士兵在候车大厅里打起地铺，月台上都搭起了帐篷，站岗放哨，严密搜查，将整个车站封锁得严严实实，水泄不通，中断了铁路运输数十日。

历史学者认为，当年冯玉祥部队抢占前门东站，无疑是明智之举。面对强大的反动力量，只有控制了进出北京城的交通要塞，才能进退自如，真正掌握主动权。

冯玉祥的军队包围紫禁城，以景山排炮轰击紫禁城相威胁，强逼溥仪签字，取消皇帝尊号。冯玉祥在北京召开政治军事会议，推翻直系军阀控制的北京政府，并将所部改称为国民军，自任总司令兼第 1 军军长；决定请皖系军阀段祺瑞担任中华民国临时执政，电请孙中山入京共商国是。

自此，冯玉祥成功地实现了"北京政变"壮举。然而，冯玉祥与前门东站的故事仍在继续上演。

11 月 10 日晚，冯玉祥来到前门东站。一列只有四节车厢的专列，静静地停在一站台。应段祺瑞之邀，冯玉祥要连夜乘火车去天津"议事"。

专列的车厢使用有严格规定，第二节是头等车厢，是冯玉祥等长官们乘坐的；第一、三、四节车厢都是"闷罐车"，是随行人员和卫队乘坐的。

　　冯玉祥与随行人员，一起登上了第二节头等车厢。临开车前，冯玉祥竟然一个人来到了第三节"闷罐车"。大家知道冯将军很亲民，喜欢与战士同乐，便很高兴地与他说笑着。"闷罐车"没有座位，只有几个帆布行军床和木凳，当临时座位。

　　冯玉祥先是靠着车厢壁，坐在一只木凳上。开车后不久，他说有些疲劳，想躺一会儿。同行的丁良俊连忙脱掉自己的大衣铺在一张行军床上，又把挎包塞在大衣的一个袖子下面，给冯玉祥铺好了一张临时的"床"。冯将军躺下了，大家也就休息了，有的靠车厢壁，有的坐在行军床或木凳上，有的就干脆坐在地板上。

　　火车开出廊坊站不久，还没有到杨村站，车厢里的人都昏昏欲睡。突然，"哐当"一声巨响，列车来了一个巨大的冲撞，猛地抖动起来。挂在车厢壁上的马灯摔在地上熄灭了，车厢内一片混乱，有的撞在车壁上，有的摔在地板上，叫声一片。

　　卫士大声呼叫道："冯将军！冯将军！您怎么样？"有人打开手电筒，照向冯玉祥睡的行军床。冯玉祥的睡姿救了他。他头朝列车前进方向，而脚部的床头又恰恰紧靠着后车厢壁，毫发未损。而坐在头等车厢的参谋长熊斌可就没有这么幸运了，他的头部、腰部和手指都受了伤，立即被送往医院救治。

　　事后得知，这是一起列车冲突重大事故。原因是，后面的一列火车追上了冯将军专列的尾部，导致两列火车相撞。显然，这是曹锟和吴佩孚的死党干的，是因对冯玉祥发动"北京政变"极端仇恨，而采取的报复暗杀行动。万幸的是，组织暗杀的人可能是计划不够周密，没能让火车头迎面撞上冯将军的专列。如果那样，后果就真的不堪设想了。

1925 年 2 月 24 日，溥仪化装成商人离开故宫，由前门东站乘火车匆匆逃往天津，先后居住于天津日租界的张园和静园。

这年 10 月 10 日，故宫博物院在乾清门举行开院典礼。神武门大门洞开，昔日的皇家禁地，一夜之间成为平民百姓自由出入的公共场所，紫禁城掀开了其森严、神秘的面纱。故宫博物院的开放，是继法国大革命开放卢浮宫、俄国十月革命开放艾尔米塔什之后，世界博物馆史上的又一个重大大事件。

"救国示威团"南下

1931 年九一八事变爆发，不到半年时间，东三省沦陷，全国上下对于国民政府的"不抵抗政策"义愤填膺。当时北平学生为了督促国民政府出兵抗日，北平大学学生会四处串联，组织 10 万学生在天安门广场召开抗日救亡大会，并多次在前门东站广场集合，向群众演讲，抗议日本侵华。

9 月 20 日，北平大学学生会发出通电："华北一带，危在旦夕，事机迫切，国亡无日……而今之计，唯有速息内战，一致抗日。"

联合全市各校学生举行总示威。北大 270 多名教职员也成立了对日委员会，提出严督政府对日军采取强硬态度。

面对日军的侵略行径和当局的妥协政策，很多爱国学生打算亲自前往南京，向国民政府讨要说法。11 月 11 日，北平学生 500 余人组成"南下救国示威团"，决定赴南京请愿。他们发表了《北京大学全体同学南下示威告全国民众书》，要求南京政府"立即收回东北失地，立即全国总动员对日绝交"。南下的学生们在前门东站被军警阻拦。在北平大学艺术学院学生、共产党员薛迅的指挥下，北平数千名爱国学生坚守前门东站，在月台上露宿，在雪地里卧轨，坚持了三个昼夜，终于在铁路工人的帮助下，迫使当局下令开车。12 月 7 日夜"南下救国示威团"乘火车南下，踏上了热血与激情之途。

三天后，"南下救国示威团"抵达南京，与南下的山东学生一起形成上万人的浩大声势。北平南下学生到达南京后，分化为两个意见不同的团体，一个是立场较为缓和的请愿团，一个是情绪激烈的示威团。请愿团受到了国民政府的招待，而对示威团却置之不理，甚至还要遣散他们。

12 月 12 日，蒋介石接见了请愿团。请愿团的两千多名学生见递交请愿书的目的已实现，便在当局组织参观游玩一天之后打道回府。示威团则做了三件事：一是与中共南京市委秘密联系，得到党组织的大力协助；二是走上街头，广泛宣传，进一步争取广大市民的同情和支持；三是派人去附近的城市，向较远的城市发电报，请当地学生会响应北平示威团，到南京来助威。两天之内，各地学生陆续赶到南京，总计约万人。

为了保证学生运动的顺利开展，示威团内部还建立了一整套秘密的指挥系统。大家一致推举外号"李大胆"的北平大学法学院学生、共青团员李时雨为总指挥，林里夫任党团书记，薛迅任副总指挥。

面对国民政府的无视，示威团学生决定去中央大楼讨说法。2月15日上午10时左右，两千多名佩戴红袖章的学生首先来到外交部。外交部大门紧闭，众人遂在一片鼓噪声中破门而入。谁知办公楼内唱了空城计。同学们在气愤之下，把外交部的牌子、汽车、桌椅、门窗和文件柜砸了个乱七八糟，然后直奔国民党中央党部。

这天上午，国民党中央正在举行第四次临时常务会议。忽闻外面人声鼎沸，时任京沪卫戍司令官陈铭枢和北京大学老校长蔡元培上场救火。

很快，大批军警开始强行清场，一部分学生就拉着蔡元培往外跑，准备一旦有学生被捕就拿他作交换。蔡老先生本就年事已高，加之腿有残疾，被强拉着拖行几百米，实在跑不动了。学生们先是把他放在黄包车上，后来又背着他，沿荒野小路向中央大学一路狂奔，直到迎面撞上几名警察。

薛迅等13人为了掩护同学转移，被警察逮捕。国民党元老吴稚晖、于右任出面劝说，警方才释放了薛迅等人。12月18日，薛迅再次被捕，在北平学生联合会、北平大学艺术学院学生会的强烈抗议及营救下，半个多月后恢复了自由。出狱后她立即参与营救其他同学的斗争。经过 20 多天的交涉，被捕学生全部获释。

脱身后的蔡元培，被抬着送往医院。他对记者说："今日在场青年之粗暴如此，实为我辈从事教育者未能努力所致。"他认为今天的暴动，"绝非单纯爱国学生之所为，必有反动分子主动其间，学生因爱国而为反动分子利用"了，并表示他本人对于合法的学生运动，"仍愿政府与社会加以爱护，绝不因今日之扰乱而更变平素之主张也"。

新中国成立后，薛迅担任了河北省委书记和省政府副主席等职。她常年夜以继日地工作，为新中国成立初期河北的建设作出了重要贡献。而当她去世后，竟然找不到一件像样的衣服，由此可见她的勤俭和朴素。

斯诺护送邓颖超脱险

美国著名记者、作家埃德加·斯诺的名字，对于中国革命来说，不仅仅是《红星照耀中国》（即《西行漫记》）的作者这么简单。他以"中国人民老朋友"的身份，曾经参加过一二·九运动。在日本宪兵的眼皮子底下，他利用美国记者的身份，机智地穿梭于前门东站，护送邓颖超离开北平，传为佳话。

在北京站东街盔甲厂 13 号的偏僻胡同，有一座普通的四合院，

⊕ 埃德加·斯诺

大门左侧上方，挂着的一块镌刻有"《红星照耀中国》诞生地——斯诺旧址"的铜质铭牌。斯诺夫妇曾经旅居北京5年，1935年10月至1937年11月，居住于此。

1936年6月，斯诺冒着生命危险，冲破国民党的重重封锁，来到陕北苏区，进行了历时5个多月的深入采访。回到北平后，他在租住的这座四合院里，夜以继日地进行写作。

1937年7月7日夜，斯诺刚刚写完《西行漫记》的最后一章，放下笔，望着窗外，兴奋不已。突然，城西方向传来了轰隆隆的炮声，震惊中外的"卢沟桥事变"爆发了。

7月29日，日本侵略军占领了北平，大肆搜捕、迫害中国的抗日爱国人士和革命青年。当时，西方各国在中日战争中保持中立，日本侵略军对在北平的欧美等国人士不敢公然侵犯。斯诺参加了在北平的欧美援华社会团体，掩护爱国志士脱离险境。

　　这样，斯诺的四合院实际上成为中国抗日爱国分子的避难所。常常有一些抗日爱国青年，化装成乞丐、苦力或小贩来到斯诺这里，然后在斯诺的帮助下逃出北平。他们中的一些人，有的投奔延安参加革命，有的前往西山参加抗日游击队。

　　当时邓颖超正在北平治病。在延安时，斯诺就认识了邓颖超。斯诺曾这样回忆道：“她是邓颖超，前中国苏维埃政府副主席周恩来的夫人，是我所遇见的中国妇女中最有敏锐政治头脑的一个。”

　　此时，邓颖超接到中央要她尽快离开北平返回陕北的通知，她请求斯诺设法将她送到天津。斯诺毫不犹豫地答应了。由于津浦铁路中断，当时撤离人员只得取道天津，然后乘船至烟台或青岛，沿胶济铁路到济南，再转赴各地。

　　这时北平至天津的铁路刚刚恢复，每日一班车。前门东站的每个进出口，都被日军把守着，严密盘查过往旅客，搜捕抗日分子，对稍有怀疑的人，立即扣留。像邓颖超这样的重要人物，一旦被汉奸认出，后果不堪设想。斯诺分析道：“眼下日本人对在北平的西洋人尚不敢冒犯，我陪你去天津，你装扮成我家的女仆，我看还是可以安全通过的。”

　　斯诺把邓颖超接到家中住了一夜。第二天一早，他便去前门东站预购下午的火车票。火车站人山人海，全是逃难的人群，卧铺、硬座、站票，任何票都是一票难求。

　　正在这时，一个挂着军刀的日军少尉走了过来，看他那个架势，可能是负责火车站警备任务的日军小队长。斯诺迎了上去，掏出一盒美国骆驼牌香烟，抽出一支递给那个日军少尉。日军少尉见到香烟，笑容可掬。斯诺干脆将那盒香烟全塞到他手里，日军少尉高兴地竖起大拇指："朋友，顶好、顶好的！"

斯诺对日军少尉说："我是美国记者，要到天津去采访，请太君帮我买两张今天去天津的火车票。"好的，不成问题的！"日军少尉手一招，来了一个挂着中士领章的日本兵，便吩咐他将斯诺领到售票处买票。出乎意料，斯诺很顺利地买到了两张去天津的火车票。

午饭后，斯诺和邓颖超分乘两辆黄包车向前门东站驶去。平日穿着随便的斯诺，今日西装革履，头顶礼帽，衣冠楚楚。下车后，他故意摆出一副气宇轩昂的派头，邓颖超则以女仆的模样，提着一个草编行李袋，紧跟其后。

火车站进口，日军岗哨林立，虎视眈眈地监视着每一个旅客。斯诺大摇大摆地走进检票口，日军没有拦他，而跟在他身后的邓颖超却被拦住了。日本兵正要盘查，斯诺转回身子说道："我是美国人，她是我家女佣，跟我到天津去的。"日本兵只好放行。

斯诺陪护邓颖超登上列车。车厢里挤满了愁眉苦脸、破衣烂衫的难民。斯诺好不容易在车厢角落找到一个位置，让邓颖超挤坐上去。他自己则将行李包作为坐凳，坐在邓颖超的身边。车厢里，数不清的人头淹没了邓颖超的身影，通道上拥挤得一点缝隙都没有了。

斯诺很庆幸，这样似乎更安全。

火车抵达天津站时，已是晚上 10 点多钟了。斯诺领着邓颖超走出车厢，来到出站口。日本兵认真盘查每一个人，由于斯诺巧妙应答，邓颖超得以顺利出站。然后，斯诺在英法租界区，找到了他的好朋友合众社的记者伊斯雷尔·爱泼斯坦。爱泼斯坦十分同情中国人民革命事业，热情地安排邓颖超在家休息。

天津港挤满了难民，去青岛的船票早已销售一空。不过外国旅客可以在统舱带一至二名仆人，作为头等乘客的特权。斯诺找美国朋友帮忙，邓颖超以外国男士仆人的身份，得到了一个去青岛的舱位。

斯诺亲自送邓颖超上了轮船。临别时，邓颖超饱含热泪对斯诺说："斯诺先生，谢谢你的大力帮助。你也快点离开北平吧，在那里待久了不安全。"

轮船到了青岛，邓颖超坐上火车到了济南，组织上已安排好了去西安的火车票。邓颖超平安到达八路军驻西安办事处，很快回到了延安。

斯诺与邓颖超的再一次重逢，是 1938 年在武汉，邓颖超与周恩来在一起。

"她依然是一位仆人，但她是她自己人民的仆人，她做了西北妇女联合团体的首席代表。"斯诺在回忆录中这样写道。

程砚秋上演"全武行"

抗战期间，决不向日军低头的程砚秋，宁肯离开他热爱的京剧舞台，下乡务农。他性情刚强，不忍受辱，曾在前门东站上演了一出"全武行"，传为佳话。

程砚秋乃京剧四大名旦之一。他自幼家贫，卖身学艺，初习武生，后改习青衣。他继承和发扬京剧传统艺术，结合自身的嗓音特点，形成了自己独特的艺术风格，世称"程派"。他不仅在艺术上勇于创新，还极富正义感和爱国心，可谓德艺双馨。

北平沦陷后，日本侵略者将魔爪伸向北平文艺界。

为了粉饰太平，日军让北平梨园公会请程砚秋出面，组织京剧界为日军唱戏捐赠飞机。程砚秋听后勃然大怒，气愤地说："我不能给日本人唱义务戏，叫他们买飞机去炸中国人。我一个人不唱，难道就有死的罪过？谁愿意唱就去唱，我管不了。"

来人表示得罪不起日本人，以程砚秋在京剧界的地位，若不答应演出，恐怕于北平京剧界不利。程砚秋说："我一人做事一人当，决不能让大家受连累。献飞机义务戏的事，我程某人宁死枪下也决不从命！请转告日本人，甭找梨园同业的麻烦，我自己有什么罪过让他们直接找我说话就是了！"由于程砚秋的坚决反对，义演捐飞机的事彻底泡汤了。

这下可惹恼了日本人，迫害紧跟着就来了。程砚秋剧团的戏箱

⊙ 程砚秋

被刺刀捅破，并洒了镪水，烧坏了不少行头，堂鼓的牛皮鼓面也被刺刀豁开。

1942 年 10 月的一天，程砚秋在青岛和上海演出结束后，绕道天津办事，乘津卢铁路火车返回北平。程砚秋从前门东站下车，刚踏上月台，突然冒出三个穿黄衣的宪兵模样的人，冲过来拦住他："你是不是程砚秋？"程砚秋点头称是。几个家伙喝道："跟我们走一趟吧！"程砚秋见势头不对，忙说："有什么事就在这里说吧。"一个家伙怒叱道："这里的不行，那边的说话！"

三个人不由分说，捉住程砚秋的衣袖，边推搡边拉扯地把他带到车站值班室。推开门一看，屋里空荡荡的，有三个戴红帽子的铁路警察虎视眈眈地看着他。看来，一场恶战在即。

程砚秋不由怒火中烧。他一个"玉女穿梭"，甩掉了那三个家伙的拉扯，高声问道："我程某人到底犯了哪一条王法，你们究竟想要干什么？"几个家伙不答话，围成一圈，紧逼过来。程砚秋怒喝道："难道我程某人怕你们不成！"

程砚秋从小学习武旦，又师从过武术名家，一身实打实的真功夫。他性格宁折不弯，岂能甘心受辱？程砚秋以一铁柱为掩护，施展拳脚，左迎右击，几个招式下来，把这帮家伙打得东倒西歪，鼻青脸肿。

一旁的铁路警察急了，围扑上来。其中一个，取下佩带的战刀，用刀柄朝程砚秋面部打去。程砚秋一个没注意，躲慢了一些，刀柄正打在嘴上，血流了出来。

正在这时，一位身材高大的铁路职工破门而入，大声喊出一句："八格牙路！不要再打了！"屋内的宪兵和警察听到有人说日语，条件反射性地住了手。还没等他们反应过来，程砚秋已经夺门而出。这名铁路职工紧跟其后，大声对检票员说："这位旅客刚才被物品碰伤，他的车票我已经收了！"并努努嘴，暗示他快走。程砚秋感激地朝他点点头，大步流星地走了。

程砚秋在前门东站痛击日伪宪兵警察的事很快传开了，轰动一时。架子花脸侯喜瑞听说后，特意来到程砚秋家探望，并高兴地说："你在前门火车站的这出'全武行'，全北平戏剧界都传遍了，你这下子可给咱们梨园界同人出了口怨气。铁路上这些黄狗子仗着日本人的势力为非作歹，特别对咱唱戏的更是敲诈勒索，无所不用其极，人们敢怒而不敢言啊，你算给大家出了这口恶气了！"

程砚秋说："看来这戏是不能再唱了。要不是为了剧团上下百十来口子人吃饭，我早就不想演戏了，实在是气也受够了，累也受够了，不如就此鞠躬下台吧。"

从此，程砚秋对外宣称身体患病，不能登台演出，并托人请德国大夫开具了一张患病证明，自我实行"闭口、闭眼、闭心"的"三闭主义"，洗净粉墨，荷锄务农。同时，他还创办了功德中学，培养农家子弟。在艺术的黄金年华，程砚秋放弃高额的票房和优裕的生活，以自己独特的举动，抗议日本帝国主义的暴行。这一举动背后所蕴含的民族意识和家国情怀，是不言而喻的。1945 年 8 月 15 日，日本裕仁天皇宣布无条件投降。程砚秋立刻出山，主动联络许多曲艺界名流，为各地义演以庆祝抗战的胜利。

新中国成立后，程砚秋在京剧舞台上更是十分活跃。1951 年，程砚秋赴西南考察返回路过武汉，得知当地同志们捐献抗美援朝的飞机还差几个"螺丝钉"，立即不顾劳累辛苦，在汉口连唱了五天义务戏。

日本站长"将功折罪"

北平沦陷后，日伪侵占前门东站长达 8 年之久。车站各部门以及附属的线路所均被日本人把持，中国车站员工和旅客饱受奴役和欺压，这是前门东站史上最屈辱的一页。

　　然而，一段"北平地下党组织倾覆日军专列"的佳话，记述了前门东站职工在黑暗中抗击日本侵略者的光辉历史。

　　1944 年 7 月上旬，一个特别的日本军官视察团车队出现在了北平街头，其头目就是日本"华北开发株式会社"总裁佐藤中将。按照行程，几天后，日本军官团将乘坐 304 号专列从前门东站上车，途经郊外的马家堡火车站，前往青岛。

　　马家堡火车站建于 1897 年，因为在义和团运动中被毁，处于废弃状态，并在 1902 年底撤销，后改为马家堡线路所，附属于前门东站管理。据《北京文史资料精选·丰台卷》记载："被毁后的马家堡车站，只有三间房，四个工作人员，它的作用就是用来会让车。"

　　很快，马家堡站站长许言午得到了这一重要情报。许言午是中共铁路工作委员会的一名地下党员，1936 年秘密加入中国共产党，抗战爆发后一直以站长身份潜伏在北平从事地下工作，车站扳道工申连科也是地下党的积极分子。此前，申连科曾告诉许言午，道岔信号电线老了，下雨的时候信号灯乱变。许言午没有让人修理，心里却盘算着会有大用处。

　　7 月 11 日一大早，雨就下个不停。许言午得到前门东站日本站长田中的命令，要求注意保护从北平开往青岛的专列。通过内线打听，城外的前方站有日寇全副武装的装甲列车待命，是准备护送专列的。这种装甲列车不但有重装甲和配备各种火器的炮塔，而且可以同时在铁路和公路上行驶。许言午感到，车上肯定有日伪方面的大人物，必须抢在日军专列与装甲列车汇合前，在马家堡路段进行摧毁。他思考着，以技术事故做掩护，施巧计倾覆列车。他期盼着雨继续下。

这天早晨，北平日伪当局对天安门—长安街—东单一线的街头全部戒严，架着机枪的日军摩托横冲直撞，日伪军岗哨林立，便衣特务无处不在。9点40分，几十辆轿车组成的车队来到前门东站一站台，大汉奸王揖唐和日本站长田中等高官亲自迎接佐藤。上午10点，佐藤等人乘坐的专列从前门东站出发。

日军专列以75公里的时速，朝马家堡站开了过来。此时，大雨并无减弱趋势。许言午向申连科示意，申连科立即打出列车从主线通过的信号，同时将道岔扳向了尽头线，前面是一个土堆。日军司机没有察觉异常，见是通过信号，依旧以高速冲来，结果一声巨响，日寇特快瞬间脱轨撞上土堆，随后的车厢很快在碰撞中发生了连环爆炸。列车第一节车厢是钢铁结构的货运行李车厢，损伤不是很严重，第二节车厢是豪华一等车厢，由于是木梁结构，在后边二等、三等钢铁结构车厢的撞击下拧成了麻花状。这次事故撞死的日伪方面人物，除中将佐藤外，还有23名将、校、尉级军官以及80多名日伪北平政府及铁路方面的官员，全部当场毙命。

消息传到前门东站，站长田中犹如五雷轰顶。他一边下令集结宪兵队前去救援，一边下令拉响警报。然而，火上浇油的是，不少日本兵听到警报后居然盲目对天开枪，还惊呼美国轰炸机来了。消息传开，从日寇华北方面军司令部到东京大本营，无不大惊失色，本就因战事不利而内外交困的东条英机，很快因此辞职。日本大藏省哀叹，在如此暗淡的局势下，视察团的悲剧无疑是又一巨大损失，连日本天皇裕仁都直言这是日本的灾难。

日本宪兵、伪警察封锁了马家堡火车站，并贴出布告，捉拿许言午、申连科二人。事发当天中午，两位勇士转移时，遇到一群警察。有趣的是，为首的北平铁路局警务部处长刘建章也是一名地下工作者。在刘建章的掩护下，两人安然脱身回到平西根据地。他们向党组织详细汇报了事情经过。

尽管日寇当局试图封锁消息，但毕竟纸包不住火，消息很快流传开。日寇除了加强铁路运输的警戒外，还抓了一些汉奸来背锅，严刑审讯。前门东站站长田中被迫"将功折罪"，被日军征兵，最终在菲律宾战场被美军击毙。而一首让人快意的歌谣，在北平小孩中偷偷传唱着：日本鬼，喝凉水儿，坐火车，轧断腿儿，坐轮船，沉了底儿，坐飞机，摔个死儿，露个头，挨枪子儿。

可笑的是，事发后半个月，马家堡车站再次发生了一次信号灯错误事故，由于刹车及时列车未脱轨，日寇想当然地认为与那次佐藤特别专列翻车一样，应该属于"技术事故"。日伪北平铁路局发出通告，召许言午和申连科回站上班，不久后许言午还被升职为西直门车站副站长。两人继续从事着地下工作。

新中国成立后，两人继续从事铁路工作，许言午曾担任成都铁路局副局长。2005 年，许言午在接受《京华抗日战地行》节目组采访前，溘然长逝，享年 82 岁。

若干年后，电视剧《亮剑》里李云龙消灭了日军观察团、撂倒 24 名日本军官的场景，让观众热血沸腾。这个故事就是源自抗日期间的前门东站。

"龙骨"与"北京人"化石

大约在北宋时期，北京周口店一带就曾出产"龙骨"。

据说，"龙骨"是天赐的良药，研磨成粉末敷在伤口上，可以止痛和利于伤口愈合。因为盛产龙骨，人们把这里的一座山称为龙骨山。

1918 年 2 月，瑞典地质学家安特生无意中见到了一些古生物化石，并得知它们来自中国一个叫周口店的地方。安特生特地来到中国，从北京永定门站乘火车前往周口店考察，并发现了一些动物化石，从而掀开了百年周口店考古大发现的序幕。

1926 年，考古科学家在周口店发现了属于早期人类的两颗牙齿化石。这年 10 月，北京科学界报道了这一重要发现，立即轰动了国内外。后来考古科学家决定把这两颗牙齿的主人，就命名为"北京人"，以后又定名为"中国猿人北京种"。由此，"龙骨"之谜被揭开了。所谓龙骨，并不是天赐神物的骨骼，而是人类的祖先和与他们同时代的动物化石。

1927 年，周口店北京人遗址的大规模发掘工作开始，发掘的主持单位是"中央地质调查所"和协和医学院。次年，两位杰出的青年古生物学家杨钟健和裴文中，也参加了周口店遗址的发掘工作。他们精力充沛，给整个考古现场带来了生气。

在周口店遗址可以看到，遗址不远处就是周口店火车站，山脚下一条铁路逶迤而过。周口店早期发掘考古工作，正是因为有了铁路才得以稳步推进。这条本为运煤和石料而修建的铁路，在那个交通不便、通信落后的年代，却为周口店发掘考古持续稳定开展提供了重要的运输和通信保障。

周口店位于北京城西南约 50 公里处，这里背靠北京西山，面临华北平原，附近盛产石灰和煤，自然资源丰富。1897 年，在修建京汉铁路时，为了便于运输周口店的石砟和煤，从京汉铁路琉璃河站接轨，修建了琉璃河站至周口店站的支线，琉周铁路支线全长 16 公里，1898 年 4 月建成通车。

据 1919 年出版的《大中华京兆地理志》记载："自京汉铁路之琉璃河车站，分支至周口店，计长三十二里，有车站二，曰韩继，曰周口店。韩继车站距琉璃河车站二十四里，专为往来周口店运煤会车而设，向不售客票，故车站规模亦较狭小。周口店车站距韩继车站六里，本为集镇，适当山口，山中产煤，其牛马之由山间运煤来此者，络绎于途，故此区亦为运煤要区。"

周口店原本是一个小山村，自从铁路修通以后逐渐发达起来。当时的考古工作主要地点龙骨山，距周口店车站西北几百米，交通非常方便。车站迤西，有一个低而圆的山，南面已开去一半，这就是龙骨山。

琉周支线连接京汉铁路，也就构建起了周口店直通北京内城的交通线路。

周口店发掘考古每年分两季：春夏为一季，大约从清明开始，至小暑结束；秋冬为一季，大约从秋分开始，至大雪结束。中间夏日及隆冬停止工作。停工期间，需要将挖掘出的化石、石器整理打包，装箱后从周口店站装车，通过琉周支线运送到琉璃河站，再转京汉铁路直达北平前门西站，送至"中央地质调查所"修复和研究。每季大约运输化石 15 到 20 吨，每年共运送化石 30 到 40 吨。

按照当时铁路货运规则，货物按内容分为若干等次，每等次运费不一样。据当年的周口店站执事人回忆，在京汉铁路运输章程上，没有"龙骨"这项货物，不知当列在哪一等。列五等货时，则系按"牛羊兽骨"的等级；列入六等，则系按"片石石渣"的等级。按照当时的货运规则，等级越高，运费越贵。因此按"牛羊兽骨"要比"片石石渣"运费贵一些。

据裴文中的考古记载，周口店有一个邮政代办处，每天有一个邮差收信、送信。北平和周口店之间的信件往来，"快则四日，慢则五日"。比写信更便捷的是发电报，当时只有火车站有电报设施，而且可以向社会大众提供代发代收电报服务。不过裴文中先生也曾吐槽"译码常常错误，令人难于解读"。

1929 年的冬天，格外寒冷。这天，考古工作人员在周口店的发掘中，突然看到一个小洞，洞口的裂隙窄得只能容一人出入。为了探明虚实，裴文中钻进洞里，顿时眼前一亮，原来在这里竟然出现了许多动物化石。他顾不得寒冷，决定把挖掘工作继续下去。

12 月 2 日下午四点，已经日落西山，洞外天色渐渐暗下来，呼啸的寒风在山野吹着，洞里更冷了。裴文中举着昏黄的烛光，依然用毛刷聚精会神地清理着地上的化石。突然，裴文中高兴地喊叫起来："是猿人！"大家围拢过来，果真发现一个猿人的头盖骨，一半已露出地面，另一半还埋在硬土里。人们兴奋极了，目不转睛地盯着。

这时天色越来越黑了，裴文中仍然埋头继续挖着，直到天明时才把这个猿人头盖骨完整地发掘出来。一大清早，裴文中兴奋地向北平的"中央地质调查所"发送了那份震惊中国乃至世界考古界的著名电报："顷得一头骨，极完整，颇似人。"这份电报正是从周口店火车站发出的。

12 月 6 日，裴文中亲自坐长途汽车，用他自己的两床被子和褥子、毡子，包着这稀世珍宝护送到北平城。事后认定，这个头骨，为距今约 60 万年前的完整的猿人头盖骨。考古科学界当即将其定

⊕ 裴文中手捧"北京人"头盖骨化石。

名为"北京猿人"。

1930年，考古人员发现了周口店山顶洞遗址，并于1933年和1934年进行发掘，在洞内发现了一些头盖骨化石及其他身体部位化石等。这些考古发现珍品，都连夜通过火车及时运至了北平。

1936年11月，中国考古学家、古生物学家贾兰坡在11天内，连续发现了三个"北京人"头盖骨，再次在学术界引起轰动。11月15日，贾兰坡发现两个头盖骨。次日，"中央地质调查所"新生代研究室名誉主任魏敦瑞特地赶到周口店。此时一个头盖骨已经发掘了出来，另一个头盖骨挖掘处理较慢，魏敦瑞先携带一个头盖骨返回北平。贾兰坡连夜工作，处理完第二个头盖骨后乘火车将其运至北平。25日，贾兰坡发现第三个头盖骨，也是及时乘火车送至北平。

自1927年启动，到1937年周口店考古工作因战争中止，民国时期的周口店发掘考古发现5个完整头盖骨、140余枚牙齿及一些肢骨，发现数万件石制品和上百种哺乳动物化石，取得了极为重要的考古成就。

1937年6月底，当年春夏季考古发掘工作结束。按照常规，发掘出的化石和石器打包后准备送往周口店火车站。火车站告知，去往北平的火车不通了。7月7日，卢沟桥事变爆发，位于京汉铁路上的卢沟铁路桥是战争争夺的重点，整个京汉线中断。得知情况，考古队紧急决定，回填发掘地点并夯实，保护遗址。贾兰坡等人背着化石标本沿着西山步行，用了两天的时间回到北平。

　　"北京人"头盖骨化石一直保存在美资北京协和医院，供德国古人类学家魏敦瑞做学术研究。

　　日军占领北平后，情况十分危险。保存在北京协和医学院解剖系办公室地下室铁柜中的"北京人"头盖骨化石，引起了"中央地质调查所"所长翁文灏和协和医学院院长胡顿的担忧。他们协商出就地藏匿、迁至重庆以及赴美暂存等方案，三个方案各有利弊，唯有第三个方案尚有可行性。

　　1941年4月初，"中央地质调查所"新生代研究室名誉主任魏敦瑞要求其助手胡承志尽早赶制"北京人"头盖骨化石模型，准备送往美国研究。11月中下旬，美日关系趋于紧张，转运"北京人"头盖骨化石势在必行。这时，国民政府终于与美国方面达成协议："北京人"头盖骨化石由美国领事馆安排带出中国，暂存美国保护，他日再行归还。

　　胡承志和同事吉延卿受命将"北京人"头盖骨化石经过多层包裹，装进一大一小两个木箱。箱体标有"SASE1"和"SASE2"的字样。大箱子里主要装着5个"北京人"头盖骨化石，小箱子则装着3个"山顶洞人"头盖骨化石。装箱后，两个箱子送往协和医学院总务长博文的办公室。

　　1941年12月初，包装在两个大木箱里的"北京人"头盖骨化石被移交给即将离开北平撤回美国的美国海军陆战队，准备一同运往美国的还有周口店山顶洞人的化石。12月5日凌晨，美国海军陆战队从北平前门东站登上铁甲专列，两个装有"北京人"头盖骨等重要化石的箱子被混在 27 箱行李中，一同被送上了火车。负责此次重要化石运送的，是离华赴美的海军陆战队退伍军医弗利。弗利当时在中国工作，中国和美国有一个合作项目，就是关于"北京人"头盖骨的合作，双方合作得非常好。

汽笛声中，铁甲专列离开了前门东站，向秦皇岛驶去。按计划，弗利将与美国海军陆战队一道，带着这批重要化石于 8 日在秦皇岛港搭乘美国轮船"哈里逊总统号"去美国。

不巧的是，12 月 8 日，日本偷袭珍珠港，美国对日宣战，太平洋战争爆发。驻扎华北的日军迅速占领了京津和秦皇岛一带的美国机构和设施，美国海军陆战队在秦皇岛的兵营也被日军侵占，弗利成了俘虏。在天津的战俘营中，弗利陆续收到从秦皇岛兵营运送来的行李，但"北京人"头盖骨化石已不见踪迹。

几十年来，"北京人"头盖骨化石失踪之谜，成为世界之谜，一直在破解之中。

首位外国大使抵京

1949 年 10 月 1 日，新中国成立，定都北京。前门东站改名为"北京站"，从此成了首都的大门。北京站作为"国门"和"首都迎宾门"，在党和国家的政治经济生活中发挥了十分重要的作用。

20 个世纪 50 年代，北京往返莫斯科、平壤、河内的几趟国际列车，都是从这里启程。

新中国成立 70 周年前夕，一部名为《中国的重生》的六集纪录片，在"俄罗斯 1 频道"和"俄罗斯 24 频道"同步播出。除了之前被热议的"开国大典"，苏联首任驻华大使抵京的彩色影像画面也首次被公开，受到各界关注。有舆论认为，这些珍贵的画面见证了两国 70 年的友谊，在当前挑战与机遇并存的世界格局中，更显得弥足珍贵。

1949 年 10 月 2 日，即中华人民共和国成立的第二天，苏联宣布承认中华人民共和国，并确立外交关系，拉开了中苏友谊发展的序曲。

按照苏联政府的指示，罗申在中国同意与苏联建交的第二天，即 10 月 4 日，马上启程来华。他先由莫斯科乘飞机到达赤塔，然后再换乘火车进入中国境内。7 日 10 时，罗申抵达中苏边境爱府泡小站。然后，他乘火车一路风尘，8 日 18 时抵达哈尔滨，9 日零时到达沈阳，9 日 17 时由沈阳出发，于 10 月 10 日 16 时 18 分经天津抵达北京。

从莫斯科到北京，罗申大使历经 6 天的舟车劳顿、150 个小时的辗转抵达北京，成为新中国接待的第一位履新的外国使节。

纪录片中，一个画面定格在了 1949 年 10 月 10 日的北京站（原前门东站）。当天下午 4 时 18 分，在军乐队的乐曲声中，一列国际列车缓缓驶入北京站。车站上，中苏两国国旗高高悬挂，"中苏友好万岁"等中俄文标语抬首可见。此时，政务院总理兼外交部部长周恩来、北京市市长聂荣臻、中国驻苏联大使王稼祥等已等候在那里，迎接一位"重量级"外国贵宾的到来。车门打开，走下火车的是苏联首任驻新中国大使——尼古拉·瓦西里耶维奇·罗申。这是周恩来第一次以政府总理兼外交部部长的身份，出席外国使节来北京就任的活动。

罗申下车后，欢迎仪式开始，军乐队奏中苏两国国歌。罗申在站台上发表致辞，他表示将以最大的努力来巩固苏联与中华人民共和国之间的亲切友谊，以保卫世界和平与国际安全。

周恩来致欢迎词说："从此，中苏两国邦交进入了一个崭新的历史时代。"他强调，中苏两国的邦交，中苏两国人民的深厚友谊，今后经过罗申大使的努力，将更加发展和巩固起来。

在纪录片《中国的重生》中可以看到，在各界人士的簇拥下，周恩来总理陪同罗申大使走出车站，两人还亲切、热烈地交谈着。按照国际惯例，大使抵达一般由外交部代表迎接，而总理亲自迎接，这在现代外交史上十分罕见。

罗申由周恩来等陪同走出北京站，早已等候在车站广场的3000余名各界群众，挥舞着彩旗和鲜花，热烈鼓掌和欢呼，气氛非常热烈。

就在十天前，10月1日清晨，天刚蒙蒙亮，即宣布中华人民共和国成立的庄严历史性仪式开始前几小时，周恩来再次登上天安门城楼做完最后的检查后，到前门东站，迎接参加开国大典的苏联代表团。这时的总理极度疲劳，抢在列车到达前，他赶紧紧闭双眼打了个盹……

列车刚靠近站台，秘书就叫醒了周恩来。他清醒过来，以歉意的姿态但很有礼貌地同苏联总领馆工作人员打招呼，然后以中国国家名义热情地欢迎苏联代表团成员，对在旅途中生病的法捷耶夫表现出了令人感动的关怀。几小时之后，他又和往常一样，精神饱满、神态端正，同前一天选举产生的中央人民政府其他领导人一起站在天安门广场观礼台上。

罗申在抵达北京时受到的隆重欢迎无疑是破格的。作为中苏建交的标志性人物，罗申的到来具有重要的象征意义。罗申火车抵京的次日，《人民日报》发表题为《欢迎罗申大使》的文章，称"罗申先生已翩然来到北京，以苏联驻我国首任大使的身份来揭开中苏永久邦交的新历史"。

俄罗斯将这段珍贵的北京站迎接苏联大使的画面，在封存了数十年后首次对外公开。"该纪录片使用珍贵资料，以彩色影像为主，堪称非常轰动之事，许多镜头皆独一无二、质量上乘。"全俄国家广播电视公司历史频道总编辑、纪录片导演阿列克谢·杰尼索夫称，"这部纪录片是为庆祝中华人民共和国成立 70 周年暨俄中建交 70 周年而制作。"

　　俄罗斯《真理报》记者、作家弗谢瓦罗特·奥夫奇尼科夫在纪录片中回忆，他曾于1953年到1960年间在华工作，"我认为那是一段美好时光。我见证了中国人民如何在苏联已有项目上做出更好的完善，苏联专家与中国学者进行了广泛交流与学习。"

　　《中国的重生》在讲述中苏关系时称，20世纪50年代，在苏联的支持和帮助下，中国建立了大约200座工厂，派遣数千名大学生赴苏联留学。从那时起，中国青年开始学习俄语、阅读俄罗斯文学、听俄语歌曲、跳俄罗斯传统舞蹈。《莫斯科郊外的晚上》在那个年代流传很广，至今都是中国人耳熟能详的俄罗斯歌曲。

　　在奥夫奇尼科夫看来，中国对历史有一种深深的敬畏感，能很好地学习和利用历史，并总能从历史中寻找对现实生活有借鉴意义的经验。"不忘记历史，不践踏历史，这是中国人民非常良好且重要的品德。"

　　1949年12月，罗申陪同毛泽东主席第一次访问苏联，这次访问使中苏两国关系跃上了一个新台阶。

　　1952年7月，罗申奉调离京回国，潘友新接任苏联驻华大使。

　　2019年9月30日，在中国外交部例行记者会上，外交部发言人耿爽表示，在迎来与好邻居俄罗斯建交70周年之际，俄方向中方提供了开国大典珍贵影视资料，俄国家电视台播出《中国的重生》纪录片。中俄两国人民正以各种不同形式，纪念70年来走过的不平凡道路，这是中俄关系高水平运行和两国人民深厚友谊的生动写照。

第四章

专列从这里开出

清末民初，旅客列车车厢实行等级制，分为头等车、二等车、三等车。车厢的等级显示坐车人的身份，其舒适度、待遇和票价都有明显差别。

头等车最舒服，设备华丽，座位宽大，铺有地毯，化妆室、卫生间等一应俱全。二等车略逊头等车，也是软垫椅，座位较为宽敞。三等车设备最简单，车座是硬板，车厢拥挤、嘈杂。

民国时期的火车，犹如当时的社会缩影，是特权者的天下。政界精英、社会名流，以及财大气粗的商人，自然可以坐头等的豪华车厢，舒心地品法国红酒，吃高档牛排，偶尔还可以跳一曲优美的华尔兹。

殊不知，除了这三种客车等级之外，还有一种专列，是铁路部门的一项高标准服务项目，即使用特殊的专用车辆、定时定点定线路，将重要人员或重要物资，安全正点地直达指定的目的地。这些专列中，以当年慈禧太后前往西陵祭祖乘坐的"銮舆御车"最为著名。

"銮舆御车"由17辆车厢组成，车头前交叉立起两面杏黄色的大清国龙旗；车厢两侧饰有镀金雕龙，光彩绝伦；车内设有龙床、宝座，如同宫殿般富丽堂皇。据《记陶兰泉谈清孝钦时事二则》记载："车内则壁缦黄绒，内衬以白毡……宝座居中，四周均有长桌，黄缎绣龙围垫，地铺五色洋毡。"其装饰之华丽，可见一斑。

历史的专列从这里出发。

笔直的铁轨，披星戴月地延伸着，最后消失在无尽的前方。

前门东站地位显赫，见证了许多重要的历史时刻和重大事件。远伸的铁轨，有着一种不屈不挠的岁月沧桑感。孙中山、袁世凯、张作霖的专列都曾从这里开出，或热闹张扬的奢华，或悄然寂静的低调，铸就了具有历史意义的悲喜剧。当然，也有一些重要的货物专列，从前门西站开出或到达。

新中国成立后，前门东站作为国门，经常迎送来华访问的外国领导人，或举行重大外事活动。朝鲜国家元首金日成、越南国家主席胡志明来华访问的专列，都是在前门东站抵京，开始友谊之旅。毛泽东曾在前门东站的月台上踱步等候，迎候宋庆龄专列的到来。

毛泽东专列多次从这里发出，走遍大江南北，被称为"流动的办公室"。

孙中山两次北京行

1912 年、1924 年孙中山曾有两次北京之行，专列都是停在前门东站。

20 世纪初，中国政局发生天翻地覆之变，辛亥革命推翻了腐朽没落的清王朝，成立了共和政体的"中华民国"。然而，持续数千年的封建制度依旧阴魂不散。时局动荡，战乱频繁。在这个特殊的历史时期，孕育了一个伟大人物，他就是孙中山。

1912 年，中华民国元年，前后短短三个月内，相继发生了南北议和、清帝退位、孙中山辞职、袁世凯就任中华民国临时大总统等重大事件。

这年 8 月 24 日，袁世凯电请孙中山"晤商要政"，共商南北统一大事，并特地派出慈禧太后乘坐过的銮舆御车接孙中山进京。在前门东站一站台，袁世凯举行隆重的欢迎仪式，数千人在站台上迎接，站前广场夹道及周边建筑物上挤满了人。

孙中山应袁世凯之邀北上晤谈，正是两人关系最好的"蜜月期"。孙中山豪情满怀地对袁世凯说："愿君练十万强兵，孙文筑十万公里铁路，共致中国富强。"

孙中山热衷实业，不再过问政治，正中袁世凯下怀。袁世凯当即特授孙中山"筹办全国铁路全权"之职，并将銮舆御车拨给孙中山专用，以便巡视全国路政，并令各地官员作盛大招待。这期间，孙中山先后视察了正太铁路、京张铁路。

1924年，第二次直奉战争期间，段祺瑞宣布就任临时政府执政。

这年10月，冯玉祥发动北京政变，推翻曹锟政权，迫使吴佩孚离职，同时将溥仪赶出紫禁城。冯玉祥、段祺瑞、张作霖邀请孙中山来京共商国是。尽管当时形势复杂，孙中山还是由宋庆龄陪同冒险北上，试图为实现国家统一寻找出路。孙中山从广州启程北上，于12月4日到达天津。

孙中山抵达天津当天，就与张作霖会谈了一个下午。由于旅途劳累，孙中山晚间突发高烧，肝痛剧烈，颓然病倒。经德国医生主持会诊，认为是"肝脏瘫疡"，必须进行手术。但因孙中山身体过于虚弱，随行人员谁也不敢发表意见，就连宋庆龄也心乱如麻没了主意。最后，还是孙中山自己决定，去北京施行手术。

12月31日，在沉沉的雾霭中，专列载着重病在身的孙中山及夫人宋庆龄，从天津风驰电掣般驶向北京。透过挂着冰花的车窗，孙中山隐约看到了古老的城墙，看到了冰雪覆盖中的残破。

下午4时30分，孙中山的专列抵达北京。前门火车站广场，人头攒动，彩旗飘扬。从清晨开始，十万民众就等候在凛冽的寒风中，期待着一睹这位革命领袖的容颜，期待着向他表达尊敬和拥戴。

北京临时政府全体阁员及各部院长官，警察局局长、警卫总司令，以及国民军一、二、三军驻京办事室全体官兵，各大学校长，各团体代表均到车站迎候。中共领导人李大钊在车门前迎候，与孙中山亲切握手，表达敬仰之情。站台上，孙中山向前来欢迎者发表《北上宣言》，重申入京是为了救国。在群众的热烈欢迎下，孙中山乘汽车前往北京饭店。

1925 年 1 月 26 日，孙中山被送进协和医院手术室。当医生打开腹腔时，惊讶地发现"肝部坚硬如木，生有恶瘤"，立即取出活体标本进行化验，结论是：其症名曰肝癌，允为不治之症。事已至此，医生也无回天之力，在清除了肝部的淤脓之后，只能重新缝合。

3 月 12 日上午 9 时 30 分，中国民主革命的伟大先驱孙中山先生的心脏停止了跳动，在北京东城铁狮子胡同行馆逝世，终年 59 岁。弥留之际，孙中山先生断断续续地轻声呼唤着"和平……奋斗……救中国"。这正是孙中山先生留下的政治遗言。

阳春三月，本应是春暖花开的季节，京城却突降飞雪，上苍似乎也为伟人的去世而悲哀。

遵照孙中山先生"归葬南京东郊钟山"的遗愿，治丧委员会决定将孙中山遗体暂厝北京西山碧云寺，待南京紫金山陵园建成后再正式安葬。

1926 年张作霖入京后，奉军纪律散乱，曾有士兵在碧云寺发现孙中山灵堂，引发兵痞哄乱，幸得张学良呵止后作罢。灵堂关闭，加强守卫。1927 年，奉军被南方革命军打得节节败退。奉系军阀头目张宗昌认为，这是孙中山的遗体停放在北京，扰乱了风水，建议烧掉。张作霖正在犹豫时，有人告诉了看守遗体的孙中山侍卫长李

⤊ 孙中山去世时，北京城群众自发组织的送葬队伍。

荣。李荣赶忙令人将遗体连夜运走，秘密藏在一个山洞里，才得以保存。

张作霖诀别前门东站

1928 年 6 月 4 日凌晨 5 时，沈阳市郊皇姑屯的一声巨响，终结了奉系军阀张作霖跌宕的一生。事发前一天，张作霖的专列从前门东站开出。

张作霖的专列由 20 节车厢组成。其列车编组依次为：火车头 1 节，铁甲车 1 节，三等车 3 节，二等车 2 节，头等车 7 节，二等车 1 节，三等车 2 节，一等车 1 节，铁甲车 1 节，货车 1 节。

张作霖所乘的第 10 节车厢，曾是慈禧太后的銮舆御车。清政府垮台后，这辆豪华御车便成为北洋政府要员出行的工具。御车经改造后，外部呈蓝色，人称蓝钢车，设备先进，豪华舒适，车厢内有大客厅、卧房，配有沙发座椅、麻将桌等。

改造后的御车，袁世凯当民国总统时坐过，冯国璋当副总统时坐过，段祺瑞当内阁总理时坐过。张作霖占御车为己有，以乘坐御车为无上的荣耀，没想到正是这装饰特别的车厢，让日本人准确地实施了引爆。

这一年，北伐军一路势如破竹，兵锋直指北京。在这种形势下，时任中华民国陆海军大元帅的张作霖，为避其锋芒，于 6 月 2 日向

⊙ 张作霖

全国通电，宣布退出北京，返回奉天。

张作霖听说日本人阴谋刺杀他，但有些将信将疑。他原打算乘汽车取道古北口出关，但那时的公路坎坷不平，有的地方还没有公路，再加上汽车速度也不快，从北京到奉天，得走好几天。道路颠簸不说，路上多山高林密之处，也难保安全。况且，仅凭一些传言，堂堂中华民国大元帅就吓得连火车也不敢坐，未免让人笑话。

经与众亲信商议之后，张作霖决定还是乘坐专列回奉天。当时，张作相率部驻扎在北京至山海关一线，他担保这一段绝不会发生意外。留守奉天的吴俊升也拍着胸脯说，山海关至奉天这一段的安全由他负责，保证不会发生意外。有十几万奉军护路，张作霖的安全应该没问题。

就在几天前，奉天宪兵司令齐恩铭曾感觉异常：日本守备队在皇姑屯车站附近的老道口和三洞桥四周，日夜放哨阻止行人通行，好像在构筑什么工事。齐恩铭密电张作霖，请他严加戒备或绕道归奉。可是，这没能引起张作霖的足够重视。

纵然有军队护驾，张作霖还是十分小心。他一再拖延变动回奉天的具体时间。原本宣布6月1日出京，这天张作霖的行装、家具，在前门东站站台上堆积如山，停靠在站台旁的专列已是升火待发，但又改期于2日启程。6月2日晚7时，一列长长的车队来到前门东站，张作霖的五太太寿夫人及仆役人等，登上备好的7节专列，由前门东站启程，可登上火车的人群中却没有张作霖。

6月3日凌晨，张作霖及其随行人员离开中南海，来到前门东站。张作霖身着大元帅服，腰佩短剑，精神抖擞。站台上送行的人山人海，有北京元老、社会名流、商界代表，以及外国使节。张学良、总参议杨宇霆、京师警察总监陈兴亚、北京警备司令鲍毓麟等也到前门东站欢送。

专列开动前，张作霖站在车窗前，默默地望着窗外的车站，以及远处沉睡中的前门楼子，深思良久。他做梦都没有想到，这竟然是他与前门东站的最后诀别。

1时15分，列车开动。随车同行的有前国务总理靳云鹏、国务总理潘复、东北元老莫德惠、总参谋长于国翰、财政总长阎泽溥、教育总长刘哲等高级官员，还有日本顾问町野武马、仪峨诚也。另外还有张作霖的六太太马岳清及三公子张学曾、随身医官杜泽先等。

早晨6时30分，专列到达天津。停车后，靳云鹏、潘复等下车。

日籍顾问町野武马也在此站下车，据称是与潘复去德州见直鲁联军司令张宗昌。据日本关东军参谋长斋藤恒少将留下的《斋藤日记》披露，町野武马其实是日本安插在张作霖身边的间谍，他一直参与是否让张作霖"多活几天"的讨论，而且对刺杀张作霖的计划已有耳闻。町野武马的这一举动说明他已经知道此事。但为了稳住张作霖，他故意上车送上一段，以便于洗清自己。

张作霖的儿女亲家、前国务总理靳云鹏本来是要陪同张作霖回奉天的。靳云鹏家住天津。到天津站时，靳云鹏的副官上车报告说，日本领事馆派人送信，今晚 9 点钟靳云鹏的好友板西利八郎由日本到天津有要事相商，请他立即回宅。靳云鹏只好下车，可是在家等了一夜，此人也没露面，心里正纳闷，第二天接到电报，知道张作霖的专列被炸。靳云鹏这才恍然大悟，原来领事馆送的是假信，免得他和张作霖一同被炸死，当了陪绑的屈死鬼。

前交通总长常荫槐在天津站上车，陪张作霖回奉天。

下午 4 时，专列抵达山海关，餐车开饭。据张作霖身边的厨师朴丰田回忆，他和厨师赵连璧精心地做了六个菜、一道汤，菜是肉丝烧茄子、炖豆角、榨菜炒肉、干煎黄花鱼、菠菜烹虾段、辣子鸡丁，外加小白菜汤。马夫人说："明天的早饭就得到家吃了。"张作霖边漱口边说道："在火车上吃啥也不香，觉也睡不好。"

吃过晚餐，黑龙江督军吴俊升就上车了。他是特地从奉天赶到山海关来迎接张作霖的。两人闲聊了一会儿，张作霖便同莫德惠、常荫槐、刘哲开始玩麻将。车到新民站时，天已微明，玩麻将的人散去休息。从车窗往外看，只见铁路两旁"皆有步哨警戒，面向外立，作预备放姿势"。

6月4日凌晨，专列到达皇姑屯车站，实业总长张景惠等在此迎候。张景惠告诉张作霖，家人和其余文武官员都在奉天新车站等候。张景惠上车同行，但没有和张作霖坐一个车厢。

距皇姑屯车站不远处是老道口，继之是三洞桥。这是一座由南满铁路和京奉铁路交会的立交桥。南满铁路在上，京奉铁路在下。桥上边设有日本人的岗楼，老道口在日本人的警戒线内。

专列重又启动。张作霖所在的车厢，只有张作霖、吴俊升和校尉处长温守善。早晨有些微凉，吴俊升关切地问道："天有点冷，要不要加件衣服？"张作霖看了看手表，已是5点多了，便答道："算了，马上要到了！"

说话间，专列驶过三洞桥时，突然两声巨响，烟腾火窜，飞沙走石，铁轨像麦芽糖一样弯曲。专列车厢弹跳起来，有的脱轨，有的起火。张作霖所在的车厢被炸碎，车身崩出三四丈远，只剩下两个车轮。吴俊升头部不幸扎进一颗钉子，躺在车厢里，当即死亡。六太太马岳清的脚受了轻伤。温守善也受了伤，急忙爬起来到张作霖的跟前，只见张作霖咽喉处有一个很深的窟窿，满身是血。温守善用一个大绸子手绢把张作霖的伤口堵上，然后和张学曾一起，把张作霖抬到齐恩铭的汽车上，副官王宪武抱着张作霖，两边还有三

↑ 张作霖所在的车厢被炸碎，车身崩出三四丈远，只剩下两个车轮。

公子张学曾和随身医官杜泽先，以最快的速度向大帅府驰去。

据事后考证，炸车时间是 1928 年 6 月 4 日早晨 5 时 23 分。

到了帅府东院的小青楼，张作霖被抬到了一楼会客厅里，紧急进行抢救。后来，又请来小河沿盛京施医院的院长英人雍大夫参与抢救。但张作霖终因伤势太重，于当日上午 9 时死去，年仅 54 岁。他说的最后一句话是："我受伤太重……恐怕不行了……叫小六子快回奉天！"

后经英文《时事新报》记者披露，此次事件共计死亡 20 人，受伤 53 人。这就是日本关东军制造的骇人听闻的"皇姑屯事件"。

日籍顾问仪峨诚也成了陪绑，受了轻伤。关东军认为："为国家前途，牺牲一个仪峨诚也来爆炸列车，也是无可奈何的事。"

显然，"皇姑屯事件"是日本关东军干的，但他们竟然厚着脸皮硬是不承认。日本关东军参谋长斋藤恒少将约见张作霖的日文秘书陶尚铭，虚伪地说道："据关东军所得情报，炸车确系出自南方间谍之手，实为张作霖将军不幸。"日本政府对此一直讳莫如深。

直到 20 年后，"二战"结束日本投降，东京大审判时，日本前陆军省兵工局长、事件的参与者东宫隆吉少将（当时是上尉）揭露，这是前关东军高级参谋河本大作大佐等人所犯下的罪行。

东宫隆吉供述，日本关东军高级参谋河本大作大佐是设计暗杀张作霖的直接凶手之一。爆炸专列时，东宫隆吉上尉担任沈阳独立守备大队中队长，驻守皇姑屯的三洞桥附近。他接受河本的指示，负责炸车的技术工作，爆炸时的按钮就是他按的。因此，他洞悉整个事件的内幕。后来，河本又口述了他策划阴谋刺杀张作霖的更多内幕情况，由历史学者笔之于书，才使事件的全貌大白于天下。河本的《我杀死了张作霖》，就是他的自供状。

张作霖死后，张学良接掌东北，历史的车轮在中外震惊的目光中又一次转轨。

灵榇专列浩荡启程

1929 年春，南京中山陵主体工程完工，定于同年 6 月 1 日举行隆重的奉安大典。南京国民政府特派林森、郑洪年、吴铁城为"迎榇专员"，赴北京迎灵。

5 月 26 日，盖着蓝灰色杭缎湘绣棺罩的孙中山灵榇，由杠夫从香山碧云寺启程，徒步抬到前门东站。灵榇移灵仪式从零点开始，祭奠礼之后启灵，哀乐炮声同时响起。

这一路段原本计划使用汽车运送，但需要事先对碧云寺至西直门长达 48 里的马路进行彻底大修，时间紧迫，难以实施，最后还是"决用杠夫奉移"。迎榇专员办事处最终选定专营"红白喜事"的西长安街日升杠房，雇用杠夫共分三班，每班除 64 名杠夫外，还有拨旗夫、拉幌夫，以及负责遗像亭的夫役等，总人数为 283 名，一律着蓝白两色的统一服装。

　　一路上，闻讯前来送殡的队伍达万人之多，街两旁肃立致敬的民众更是高达30多万人，北平一时间万人空巷。河北省政府主席、代理平津卫戍总司令商震骑马开道，迎梓队伍经西直门入城，穿越整座古城，经十余小时到达前门东车站。

　　当时前门箭楼、火车站广场前都高搭灵棚，其规模声势空前绝后。孙中山的灵车专列将从前门东站浩荡启程，南返浦口，将灵梓奉安中山陵。

　　据《顺天时报》报道："灵梓于下午2时30分抵前门站，站外搭有灵棚，备有特制的移灵安全车，该车构造极精，左右箱板及上盖均可卸下。棺罩揭去后，灵梓移至车上。即由三迎梓专员，及马湘、孙科等数人挽入车站，直入灵车。"

　　孙中山灵梓南下一共动用了9组专列。其中的第6列为灵梓专用的灵车专列，共挂14节车厢。具体情况是：第1辆冷藏车；第2辆行李车；第3辆发电车；第4辆头等卧车；第5辆大厨房车；第6辆杠夫坐车；第7辆拱卫宪兵连车；第8辆头等客厅车；第9辆为灵梓车；第10辆泰山号包车，属宋庆龄、孙科夫妇、戴恩赛夫妇、孙科子女专用；第11辆头等餐车；第12辆特等客厅车，迎梓专员办公用；第13、14辆均为头等卧车，重要随员乘车。

　　灵梓车是从国外购进的蓝钢车，由汉口江岸车辆厂重新改造，装饰一新——地上铺着绣有国民党青天白日党徽的厚绒毯；灵车内光线柔和，庄严美观，车的两头装有铜制栏杆，光亮夺目。灵梓车

⤒ 孙中山灵榇南下一共动用了 9 组专列。

上停放着装殓孙中山遗体的美国产紫铜棺材。

5月26日，从上午9时至下午6时30分，孙中山灵榇南下的9组列车相继从前门东站浩大启程：第一组为中央所派迎榇宣传车专列，早9时开。第二组为前导车专列，由车务处吴金台率领，12时开。第三组为1号护卫铁甲车专列，12时45分开。第四组为护灵车专列，14时45分开。第五组为步兵车专列，由53师223团团长李仲宜带兵二连，15时30分开。第六组为2号护卫铁甲车专列，16时15分开。第七组为灵车专列，5时整开，宋庆龄、孙科家属，林、吴、郑三专员及王征等均附车行。第八组为唐生智部铁甲车专列，共70余人，17时45分开。第九组为随员来宾车专列，18时30开。

当天下午5时，前面铁甲车开道，后面的铁甲车护卫，由孙中山的家属宋庆龄、孙科和迎榇专员林森等人护送，载有孙中山灵榇的第六列灵车列车，缓缓驶离前门东站，开往南京。天安门广场鸣礼炮101响，向这一代伟人告别。这一仪式，成为前门东站历史上最为隆重的场面之一。

据当时的新闻报道描述："轮机甫动，军乐大作，送车群众，脱帽静立，呈肃穆悲凉之色。与此手造民国惟一伟人之遗蜕作最后之诀别。大典所放礼炮，共202响，碧云寺起灵时放101响，前门站灵车开行时鸣101响。"

浩大的灵车专列，在沿途的天津、沧州、德州、济南、泰安、兖州、临城、徐州、符离集、蚌埠、明光、滁州等站均作停留，接

南京中山陵。

受官民祭拜。

5月28日凌晨3时40分，灵车专列抵达安徽蚌埠车站，蒋介石、宋美龄、宋子文等专程从南京赶来恭迎。28日上午10时，灵车专列抵达南京浦口车站。参加仪式的中国海军"通济""楚有""豫章"等舰艇均在黄浦江江面列队拱卫，包括参列的日、英、法等外国舰船，一律降半旗致哀，并鸣放礼炮。如此庞大的专运列车编组及开行，在中国铁路史上是空前的。

南行的故宫国宝专列

1933年2月5日深夜，在军警的严密保护下，一箱箱文物从故宫运出，在前门西站装上火车。次日凌晨，一列掩盖厚实的文物专列离开北平，悄然南下。一场世界文明史上历时最久、规模最大、过程最险的文物大迁徙由此拉开序幕。

这是世界战争史上一个罕见的壮举：在抗日战争中，一万三千多箱、近百万件南迁文物，乘火车，过轮渡，跋山涉水，迁徙总行程达2万多公里。从北平到上海，再从上海到南京，又从三路转移到贵阳、西安和重庆，前后10多年时间，没有一件文物在此期间损毁。

1931年，震惊中外的九一八事变后，东北沦陷，华北告急。故宫里近百万件珍宝如何处置？时任北平故宫博物院院长易培基焦急万分。这些国宝都是中华上下五千年的文化精粹，要是日军打进北平，只有两个结果，要不毁于一旦，要不就落到日军手中。无论哪一种结果，对于我们国家和民族来说，都是不可接受、无法挽回的损失。

那段日子里，北平城里议论纷纷，故宫里也在叹息、在争吵。国难当头，国宝将如何保全，"南迁"被当作一个方案提出，旋即引起轩然大波。国宝迁移牵扯各方人士的切身利益，国民党元老张继主张将国宝迁往西安，易培基则希望国宝迁至上海。北平各阶层及至普通市民，大多反对国宝"南迁"。他们举行集会、上街游行，誓与国宝共存亡……

反对者认为，国宝南迁是重古物轻人民、重古物轻国土，只会动摇民心与士气，就地修建地下库房即可保古物无虞。一些社会各界名流对古物南迁也表现出各种疑虑。胡适就对南迁何处是安静之所感到茫然，忧虑古物一散难复聚，寄希望于通过国际监督和干预来保障战火威胁下的古物安全。鲁迅则针对社会上有舆论责难华北高校南下请愿和逃难回家的学生，发出了"寂寞空城在，仓皇古董迁"的嘲讽。

1933 年元旦，仅用三天的时间，日军就攻陷了山海关，北平失去了最后一道屏障。故宫文物的去留更加紧迫。故宫博物院召开理事会，决定选择院藏文物精品南迁，以策安全。这一决定得到了行政院代理院长宋子文的支持，他下令国宝迁至上海，并代表政府

⊕ 工作人员们在延禧宫库房前搬运已经打包好的文物。

表示："北平安静，原物仍运还。"

然而，国宝的起运时间仍然是一拖再拖。

一连多少天，所有故宫人员都留在紫禁城中，日夜守候着19557口木箱的国宝文物，等候离京的命令。

2月5日凌晨，国民政府的命令终于到了，故宫午门处军警荷枪实弹、戒备森严。

日落时分，从紫禁城到前门西站沿途开始戒严。夜幕降临后，一大批板车进入了故宫，在神武门广场文物被集中装车，随后出午门运往车站。若干年后，故宫人那志良回忆说："他们吩咐我们，要等到天黑才启运。几十辆板车轮流运往车站，由军队护送，沿途军警林立。板车在熟悉的街道上行驶，街上空无一人，除了车子急驰的辘辘声之外，听不到一点别的声音，使人有一种奇怪的感觉。"

那个夜晚，整个北平到处都有官兵把守，安静得像一座空城。故宫博物院第一批贴着封条的2118箱文物相继被装上板车，自太和门出，经过午门，运往前门西站装车。国宝大迁移开始了，也许当时没有多少人能想到，这些稀世珍宝出了紫禁城后，有许多再也没有回来。

如此壁垒森严，让人们感到不安。天明时，前门西站被抗议的学生团团围住，一些激进者甚至卧在铁轨上，阻止火车开动。对峙到了最激烈的时候，士兵已经拉动了枪栓。

⑤ 午门城楼与内金水桥之间的方形广场上排满了统一编号的南迁文物装箱。

关键时刻，张学良赶到现场，以人格担保战争一旦结束，就将这些国宝运回北平。抗议的人群这才渐渐平静下来。

我见过一张由外国图片社发布的故宫文物南迁的新闻照片。照片从午门的西南方向拍摄，可见午门城楼与内金水桥之间的方形广场上排满了统一编号的南迁文物装箱，近处有两队六人的劳工正在搬运文物箱，远处城墙下装文物箱的板车一直排列到金水桥。从这里，紫禁城的国宝将由军警押送至前门西站运至上海。

前门西站内，故宫博物院秘书吴瀛担任押运官，他登上专列逐一巡视装载文物的 18 节车厢，那里全部是故宫所藏的珍贵文献、书画还有档案珍本，每件东西都价值连城，何况还有贵为无价之宝的全套《四库全书》。

车窗外，张学良的马队在等候，列车开启后，马队将随车驰聚，警戒护卫。押运官员及相关押运人员、监视员、宪兵 100 名和故宫警卫，分别乘坐在国宝专列的三节客车厢里随行。

2 月 7 日，国宝专列从前门西站开出，为避开天津，以防遭遇日军袭击，国宝专列的运行路线为：由平汉铁路，转陇海铁路，再转津浦铁路，绕道南下。国宝专列的行进完全是秘密的，沿途有各地方军队保护。专列车顶四周架着机枪，车厢内是持枪宪警，车内人员都是和衣而卧。一路上，除特别快车外，其余列车都要让道给国宝专列。沿途逐段有马队随车驰送，每到一站，地方官派人上车交差。通过重要关口时，车内一律熄灯。

2 月 10 日，专列到达浦口站。这时浦口到南京下关的火车轮渡还没有通航，专列上的文物必须搬下车，通过轮船装运，摆渡到对岸重新装车。由于出发仓促，浦口根本就没有符合条件的存放地点，国宝只能留在火车上。火车上的条件不可以长时间存放文物，何况是极为娇贵的古籍善本、书画文献。再说，有太多的人在争夺文物迁移、存储的权利，为的是从中渔利。人和物都只能待在火车上等待。没想到，这一等就是 20 多天。

3 月 5 日，国宝专列到达上海。第二天，《申报》刊登一则报道："南迁古物昨午抵沪，共一千零五十四箱，存储仁济医院旧址。"与此同时，故宫驻沪办事处成立。此后，在将近四个月的时间里，先后有五批文物抵沪，共计 19557 箱，保存在法租界天主堂街 26 号和英租界四川路 32 号两处库房里。故宫博物院新任院长马衡决定，重新清查文物，编印《国立北平故宫博物院存沪文物点收清册》。

就在文物大迁徙中，故宫挑选了诸多文物精品在国内外展览。1935 年，故宫以 735 件存沪文物精品，前往英国伦敦参加"中国艺术国际展览会"，出国前在上海预展，回国后在南京复展。这是故宫文物首次大规模出国展览，在西方引起了轰动。另外，部分文物还在苏联莫斯科、列宁格勒（今圣彼得堡）和国内贵阳、重庆、成都等地展出。

为了让文物长期存放而不遭受空袭，国民政府在南京修建了朝天宫保存库。1936 年 12 月，所有南迁文物分五批由国宝专车从上

⊕ 故宫博物院随国宝南迁的部分工作人员。

海运抵南京保存。

1937 年，故宫博物院南京分院成立。然而，刚有安身之所的国宝，并未享受太久的舒适与安宁。不到一年时间，七七事变爆发，南京告急，南迁国宝此后再分南、中、北三路向大后方迁移，开始了更加颠沛流离的命运。

抗日战争后，凝聚着中华民族几千年文化之魂的国之瑰宝东归南京朝天宫。谁也没料到，这些来不及喘息的文物注定要与故土分离。东归南京仅仅一年之后，它们又因国共内战再次踏上远行的历程。

毛泽东登车迎接宋庆龄

毛泽东作为人民领袖，礼遇过很多人。但是，他率领中央领导人集体迎接一个人，且提前半个小时在前门东站月台上恭候，仅此一次；毛泽东曾去车站或机场迎接过一些政要，但是，他登上车厢迎接，也仅此一次。这位让毛泽东如此敬重的人是谁？她就是宋庆龄先生。

2016 年，是孙中山诞辰 150 周年，以及他领导的辛亥革命 105 周年。在北京宋庆龄故居举办的"宋庆龄生平展"中，一幅京奉铁路正阳门东车站的照片占了一面墙。1949 年 8 月 28 日，孙中山夫人宋庆龄受毛泽东和周恩来之邀来北平共筹建国大业，就是从上海乘火车在前门东站下车，参加政治协商会议第一次全体会议。

在北京宋庆龄故居，陈列着两封非常重要的信件。

一封是毛泽东写给宋庆龄的。

庆龄先生：

　　重庆违教，忽近四年。仰望之诚，与日俱积。兹者全国革命胜利在即，建设大计，亟待商筹。特派邓颖超同志趋前致候，专诚欢迎先生北上。敬希命驾莅平，以便就近请教，至祈勿却为盼！

　　专此敬颂，大安！

毛泽东
一九四九年六月十九日

另一封是周恩来写给宋庆龄的。

庆龄先生：

　　沪滨告别，瞬近三年。每当蒋贼肆虐之际，辄以先生安全为念。今幸解放迅速，先生从此永脱险境，诚人民之大喜，私心亦为之大慰。现全国胜利在即，新中国建设有待于先生指教者正多。敢藉颖超专诚迎迓之便，谨陈渴望先生北上之情。敬希早日命驾，实为至幸。

　　耑上。敬颂，大安！

周恩来
一九四九．六．廿一

在新中国成立前夕，两位伟人邀请宋庆龄北上的两封书信，不仅在今天具有十分重要的文献价值，在当时，宋庆龄本人也是非常看重的。收到这两封信后，她一直将其珍藏在上海住宅的保险柜中。

这两封具有历史意义的信，从一个侧面生动地反映了毛泽东、周恩来对宋庆龄的一种特殊的非同寻常的尊重。1981年宋庆龄逝世后，负责清理她遗物的上海市机关事务管理局李家炽副局长打开保险柜，取出了这些重要信件，随后即按规定上缴中央档案馆。陈列在宋庆龄故居的信件是复制品。

当时，中央派出邓颖超作为代表，专程赴上海迎接宋庆龄。

邓颖超到达上海的当天下午，便与廖梦醒一起前往宋宅拜望宋庆龄。邓颖超呈上毛泽东和周恩来的亲笔信后，又向宋庆龄当面表达了同志们盼望她亲赴北平参加新政协的迫切心情。宋庆龄听罢很是高兴，但也很是犹豫。她说："北平是我的伤心之地，我怕去那里。待我考虑考虑吧。"

宋庆龄的为难是可以理解的。此前，她曾经两次踏上北平的土地。第一次是她陪同孙中山先生北上，1924年12月31日到达北京。当时中山先生已经病势沉重。宋庆龄席不暇暖、衣不解带地服侍照顾着自己的丈夫。当时，北平的政治环境十分堪忧。段祺瑞政府对帝国主义奴颜婢膝，孙中山为此异常愤怒，后来病情加重，终致不起。1925年3月12日，孙中山病逝。宋庆龄料理了孙中山的后事，将灵柩送至香山碧云寺安放，然后就离开了北京。当时年轻的她只有 32 岁。这件事对她的伤害是可以想见的。

1929 年 5 月，流亡在外的宋庆龄匆匆离开柏林，赴莫斯科，经东北，乘火车在前门东站下车，第二次来到北平。她到碧云寺亲自为孙中山先生换装，并更换棺木。事毕，她又一路护送灵榇到南京中山陵安葬。两次的北平之行都令宋庆龄十分伤心，她怕到北平去，怕勾起自己痛苦的回忆。

宋庆龄尽量抑制着内心的情感，拿着信仔细地看了一遍又一遍，一直在犹豫。为了等待宋庆龄的决定，邓颖超和廖梦醒就一直住在上海。

一个多月后，邓颖超再次去看望宋庆龄。宋庆龄微笑着对邓颖超说："我决定接受毛泽东主席和周恩来先生的邀请，去北平！"

消息传到北平，毛泽东兴奋异常。他立刻表示要亲自前往车站迎接。

1949 年 8 月 26 日，宋庆龄在邓颖超、廖梦醒、上海军管会交际处处长管易文陪同下，从上海乘火车前往北平。北去的列车上，宋庆龄和邓颖超这两位中国现代史上的杰出女性相对而坐，围绕着一路上看到的人群景物，异常兴奋地交谈着。

宋庆龄在后来回到上海后所作的题为《华北之行的印象》的广播讲话中，专门谈到了她此行路上的感受："路上的景色启动了我无穷的想象力。这也使我明白，中国人民如果要从天然资源中获得最高生产量，必须面对巨大的工作，但是我也看到，任何成就都是我们力所能及的。人民的力量将是我们的推动力，而这种力量随处都看得到。不论在穷乡僻壤或城市的每个地段，人民在克服艰难和障碍。"

8 月 28 日这天，毛泽东很早就向身边的工作人员打招呼，要到前门东站去迎接宋庆龄，让给他准备衣服。一吃过午饭，毛泽东就换上了那套平时不大穿，只有迎接知名人士时才穿的浅色中山装。尽管到前门东站的路很近，但在毛泽东的催促下，还是提前出发了。下午 3 时 45 分，毛泽东乘着一辆黑色吉斯防弹轿车来到了前门东站的站台上。

朱德、周恩来、林伯渠、董必武等中共中央领导人，中国国民党革命委员会领导人李济深，廖仲恺的夫人何香凝和中共青年组织的领导人廖承志，著名的救国会"七君子"领头人、法学家沈钧儒，作家、学者郭沫若，诗人、散文家柳亚子，也先后来到了站台上。在中共中央的主要领导人中，只有刘少奇因访苏刚刚回到东北而没有前往迎接。大家谁也没进候车室里休息，愣是全都在站台上恭候着，足足站了半个小时。

站台上，还有身穿统一服装、戴着白色遮阳帽的洛杉矶幼儿园的孩子们。洛杉矶幼儿园是宋庆龄用美国洛杉矶华人、华侨捐献的款物在延安建立起来的。这个幼儿园培养了一大批革命领袖和烈士的子女。

下午 4 时 15 分，随着一声汽笛长鸣，宋庆龄乘坐的专列缓缓驶入前门东站。宋庆龄的身影出现在了车门玻璃后面，微笑着向站台上的人们招手致意。

列车刚一停稳，毛泽东便出人意料地一步跨上车去，走进车厢热情地请孙夫人下车。宋庆龄身着黑色拷绸旗袍，系一条白色纱巾，步履轻盈，风采依然，看不出一丝疲倦。毛泽东与宋庆龄的手紧紧地握在一起："欢迎你，欢迎你，一路上辛苦了。"

早在 1945 年 8 月 30 日，正在重庆参加国共两党谈判的毛泽东，曾专程来到宋庆龄在重庆居住的松籁阁，拜见心中崇敬的孙夫人。当时两双手紧紧握在了一起，他们互致问候。这两位同龄人，都非常关心对方的情况，都对对方怀有深深的敬意和谢意。

时隔四年之后，毛泽东和宋庆龄的手又握到了一起。

宋庆龄高兴地说："谢谢你们的邀请，我向你们祝贺。"毛泽东诚挚地说："我们恭候你来，欢迎你来和我们一起筹建新中国的大业。建立一个新的国家，我们有许多事情要向你请教！"

宋庆龄笑着说："祝贺中国共产党在你的领导下取得伟大胜利。你们做得很好，我愿意为建立新中国的伟大事业尽自己的绵薄之力。"

宋庆龄在毛泽东的陪同下走出车厢。欢迎人群中爆发出热烈的掌声。她兴奋地与朱德、周恩来、林伯渠、董必武、李济深、沈钧儒、郭沫若、柳亚子、廖承志等人一一握手，互致问候。她与何香凝紧紧地拥抱在一起，站立在一旁的毛泽东露出欣慰的笑容。大家都沉浸在胜利后重逢的无比喜悦之中。

车站上举行了简短的欢迎仪式。仪式结束后，宋庆龄由周恩来夫妇陪同去饭店休息。

当天晚上，毛泽东宴请宋庆龄，大家畅谈甚欢。

9月21日至9月30日，宋庆龄出席了中国人民政治协商会议第一届全体会议。会议选举毛泽东为中华人民共和国中央人民政府委员会主席。朱德、刘少奇、宋庆龄、李济深、张澜、高岗为副主席。

10月1日下午3时，宋庆龄前往天安门参加开国大典。当时通向城楼的坡道还没有修整，坑坑洼洼很难走。宋庆龄在曾宪植的搀扶下，紧随毛泽东，一步步登上城楼，预示着共产党领导下的多党合作新时期已经开启。

登上天安门城楼，毛泽东向全世界庄严宣告了中华人民共和国的成立，亲手升起了第一面五星红旗。一时间，三十万群众在广场上欢呼雀跃，欢呼声似大海的波涛，一浪高过一浪。宋庆龄透过这欢乐的海洋，遥望着广场中央矗立着的孙中山巨幅画像，宋庆龄——这位坚强的战士不禁热泪盈眶。

事后，宋庆龄写道："回忆像潮水般在我心里涌起来，我想起许多同志们牺牲自己的生命换得了今日的光荣。连年的伟大奋斗和艰苦的事迹，又在我眼前出现。但是另一个念头紧抓住我的心，我知道，这一次不会再回头，不会再倒退了。这一次，孙中山的努力终于结了果实，而且这果实显得这样美丽。"

"碑心石"专列进京

天安门广场上高高耸立的人民英雄纪念碑，在全国人民心中具有无比崇高的位置，它毫无争议堪称新中国第一巨碑。然而，很多人或许并不知道，这块来自青岛浮山的碑心石，曾经历了史诗一般的运输历程。"碑心石"专列驶进前门西站，彰显着新中国的磅礴力量。

1949 年 9 月 30 日下午 6 点，参加第一届人民政治协商会议的全体与会人员，利用大会统计选票的时间，抢在人民政协第一届全体会议闭幕式之前，驱车前往天安门广场，参加人民英雄纪念碑奠基典礼。

此刻，天安门广场华灯齐放。代表们排好队，站好立正姿势，毛泽东站在排头第一个。

周恩来宣布：人民英雄纪念碑奠基典礼开始。解放军华北军区乐队先奏起了《义勇军进行曲》，再奏《风风铃》曲调的哀乐。

乐声终止，毛泽东抬起头来，肃穆地缓步走到扩音器前，宣读碑文：三年以来，在人民解放战争和人民革命中牺牲的人民英雄们永垂不朽！三十年以来，在人民解放战争和人民革命中牺牲的人民英雄们永垂不朽……

宣读完碑文，毛泽东静静地走上前去，挥锹挖起第一锹土放到基石边上。随后，朱德等代表一个个跟着上去，与毛泽东一道执锹铲土，为人民英雄纪念碑奠基。

人民英雄纪念碑奠基后，1952 年 8 月 1 日开工建设，1958 年 4 月 22 日竣工，1958 年 5 月 1 日揭幕，前后历时 9 年时间。

人民英雄纪念碑的建设，聚集了许多史学家、美术家、建筑师和能工巧匠的智慧。仅碑石石料的采集场面就颇为宏大。为了精选石料，自 1952 年起，在全国进行了 3 个多月的实地调查，经过"海选"采样分析，最终确定从青岛浮山大金顶开采花岗岩，作为纪念碑的碑心石。

浮山历来以"出好石"著称，浮山岩石以肉红、灰白两色为主，地质学家称其为青岛岩。它具备硬、韧、纯、细等特点，不易风化，能够长久屹立。而且其底色也很漂亮，有黑色斑点和白色斑点，在上面刻上字衬出来会更美好。

人民英雄纪念碑由 17000 块花岗石和汉白玉砌成。其中纪念碑的碑心石，是建碑中最主要的一块大石料，称得上是中国建筑史上极为罕见的完整的花岗岩，重达百吨。

碑心石的毛坯石材，在运输和雕刻过程中，会出现各种风险。要想保证碑心石不折断，石料在开采时的厚度必须达到 2 至 3 米。这就意味着，雕琢出重达百吨的碑心石，毛坯石材的重量将达到 300 吨以上。

当时的采石工艺十分落后，没有现代化设备，整个石料厂甚至连电都没有。眼看着时间一天天过去，却还是想不出万全之策，施工组负责人陈志德一筹莫展。这时有人向他推荐了一位高人——崂山脚下的"石神"李开山。

李开山是祖传的石匠。李开山告诉陈志德，300多吨重的巨石，根本不是几排钢楔子能搞定的，只能采用放闷炮的方法，炸出这块巨石坯材。在李开山的指导下，经过长达数月的努力，百人挥锤凿巨碑，巨大的碑心石坯体，终于完整地从山岩上剥离出来。经过第一次加工整形后，减重至280吨。

如何让巨石下山？陈志德想到了古老的"滚杠"方式。即先在路面铺设枕木，枕木上面再铺一层钢管做滚杠。然后，把巨石放在滚杠上往前行。为了防止石料在运输中震裂，在钢管与石料之间，运输人员又铺垫了一层特制的硬木板子。

据亲历者回忆，当时动用了三台大马力推土机，前面一个推土机拉着，后面是两台推土机推着，前后配合，让巨石一点一点地向山脚滚移，一天只能移动一里路。每前进一段距离，就要把最后面的枕木移到最前面去，如此循环往复。在这一过程中，石料经转向、翻身和第二次加工处理后，重量减为102吨。

从浮山到青岛火车站，30公里路程，沿途大多为丘陵，途中需要经过一座山岭、四个村落、十余处桥梁，以及青岛市内交通最为繁华的街道。运石队伍整整走了34天，共有7116名工人直接参与了这项工作。队伍走到哪里，帐篷就搭到哪里，一行人就这样在路边睡了35个夜晚，成就了中国滚杠运输史上的经典。

石料顺利到达大港货运站。可这个重达 102 吨的碑心石，根本没法上火车。当时，济南铁路局拥有的平板车载重最多不过 60 吨，即便放眼全中国，也根本找不到载重超过百吨的车体。就在事情陷入僵局时，转机出现了。

据来济南铁路局讲课的苏联铁路专家巴拉诺夫透露，苏联卫国战争时期，曾经有过一种大型平板车，载重量近百吨，现在可能还能找到。于是，铁道部出面向苏联求援，大型平板车很快经东北调到了青岛。

苏联的大型平板车，载重量也就是 90 吨。根据铁道部规定，载重 90 吨的车皮最多只能超载 10%。工程技术人员只得对大石料进行第三次加工——减重到 94 吨。

就这样，一列只挂了 4 节平板车的碑心石专列，沿着胶济铁路，以直线时速 20 公里，弯道及进站时速 10 公里的速度，缓缓驶向北京。为了保证专列安全，只是白天运行，晚上停车维护检修。

碑心石专列快到济南时，意外发生了：因为济南站东咽喉天桥处过于狭窄，专列无法转弯。最后只能连夜抢修一条临时便线，绕过济南站，专列继续北上。

1953 年 10 月 13 日，载着碑心石的专列缓缓驶进北京前门西站。站台上彩旗飘扬，鞭炮齐鸣，朱德总司令亲自带领欢迎队伍，站台上敲锣打鼓，迎接专列的到来。

前门西站作为专门的货运站，与人民英雄纪念碑工地直线距离

⊕ 一列只挂了 4 节平板车的碑心石专列，沿着胶济铁路，缓缓驶向北京。

只有 2000 米左右。数百名工人细心搬运，同样采用滚杠的方式，用钢管交替铺垫，拉动巨石移动。3 天后，石料终于被运到了天安门广场的纪念碑建设工地。施工队按照设计图纸，对巨石进行了精雕细琢，使之完全符合碑心石标准。

自此，这块碑心石镶嵌于高大的人民英雄纪念碑上，矗立在中国人的心中。有资料表明，人民英雄纪念碑通高 37.94 米，正面碑心石长 14.7 米、宽 2.9 米、厚 1 米、重 60.23 吨。

有趣的是，要把毛主席亲笔书写的"人民英雄永垂不朽"的碑题，刻写在坚硬的花岗岩石碑上，可不是一件容易的事儿。特别是碑心石又硬又脆，不受刀凿，一刻就火星乱冒。为了赶进度，陈志德与北京琉璃厂"萃文阁"店主、著名书法家、雕刻家魏长青商量，决定把胶皮覆盖在碑体上，把需要镌刻部位的胶皮挖下去，形成"阴文"轮廓，再利用高压水枪，通过喷射矿砂的方法，在碑心石上刻出每一个大字。最后以紫铜为胎，采用我国传统的镏金工艺，做成金字镶嵌进去，这样可以保证字体 300 年不褪色。

雕刻在人民英雄纪念碑碑石背面的碑文，是由周恩来亲笔书写。据说，那段时间周恩来总理每天早上的第一件事，就是写一遍碑文，前后共写了 40 多遍，最后挑选了自己最满意的一篇拿到工地。碑题、碑文制作共用掉黄金 130 两。

1958 年 5 月 1 日，中共中央在天安门广场举行纪念碑落成仪式。

那天，天安门广场响起了雄壮的国歌、国际歌乐曲。党和国家领导人朱德、刘少奇、周恩来缓步走到雄伟壮丽的人民英雄纪念碑前。此时，碑身上的红披徐徐下落，毛泽东题写的"人民英雄永垂不朽"八个刚劲有力的鎏金大字，在阳光下闪闪发光。

数万人欢呼雀跃，天安门广场的天空，放飞起了无数只和平鸽。

毛泽东的专列之"家"

毛泽东的专列是与许多重大的历史事件联系在一起的。专列是毛泽东的另一个"办公室"，另一个"家"。

新中国成立后，毛泽东离开北京出访和视察，一般都是坐火车。

1949 年 3 月 25 日，毛泽东乘火车"进京赶考"，党中央从西柏坡迁至北京。到 1975 年，毛泽东最后一次乘火车南下视察。26 年里，毛泽东总共 72 次乘坐专列出行。为了不给地方的同志增加负担，除了到目的地考察外，他大多是在专列上开会、谈话、批阅文件、写文章。据统计，毛泽东在专列上工作和生活了 2148 天。

1953 年 12 月 24 日下午 3 点，毛泽东的专列停在了前门东站。卫士已将毛泽东的书箱、文件和衣物搬上主车，一一摆好。专列分前驱车、后卫车及主车。内卫班随主车行动，直接负责毛泽东身边的警卫工作。

很快，一溜小汽车飞驰而来，在专列旁的一站台停下。毛泽东走下汽车，便立即踏上专列。刚上车，专列便开动了。前后不到一分钟。

专列沿着京沪铁路，朝杭州方向驶出。毛泽东凭窗望去，前门楼子、老城墙，从眼前一一闪过。专列一路南下，经南京，过上海，于 12 月 28 日凌晨，抵达目的地杭州。

这是新中国成立后，毛泽东第一次来杭州。专列上，毛泽东愉快地说："治国，须有一部大法。我们这次去杭州，就是为了能集中精力做好这件立国安邦的大事。"这注定了是一次身负重任的旅行。在车轮撞击钢轨的"咣当"声中，毛泽东一直在看书、思考，脑海里全神贯注地酝酿着共和国的第一部宪法。

新中国成立之初，由于解放战争还没有结束，各种社会政治改革还没有在全国范围内进行，经济也需要一个恢复时期。随着政治建设任务的加强和大规模经济建设的到来，制定宪法就成为当时中国人民政治生活中的一件大事。

毛泽东下榻在杭州北山街 84 号——刘庄一号楼。刘庄一面临湖，一面靠山，环境幽静，空气清新，与杭州城隔湖相望。

在杭州期间，毛泽东除了领导起草宪法，每天 12 点左右起床，吃点东西就去爬山，风雨无阻。毛泽东在杭期间的饮食很简单：每餐一小碗饭、一个馒头、一盘辣椒、一盘青菜、一碟肉和一小碗汤，不准多做。

从毛泽东使用过的遗物可以看出，这些物品非常简单、朴素，没有任何的奢华。一次毛泽东登山，工作人员随手砍了一根竹子给他做了根手杖，毛泽东很喜欢，带回了北京，一直留在身边使用，后来登山海关等地方用的也是这根竹杖。这根竹杖现保存于中南海毛泽东故居。

除了指导宪法起草工作，毛泽东晚上还要听刘少奇有关当天情况的电话请示和汇报。有些重要的事情，则由周恩来、邓小平"飞"到杭州当面请示汇报。中央机要部门每天有大量的重要文件送来，要他亲自批阅，几乎天天都是通宵工作。早上他才赶回刘庄一号楼休息，下午3时再来办公，可以说是呕心沥血。

在此期间，毛泽东查阅了大量的国外宪法资料，对草案一遍遍地作出修改和批示，每一页都作了密密麻麻的批注，每一项修改都清清楚楚地标出原因。

"三读稿"通过后，毛泽东的心情轻松了许多。1954年3月2日这天，他登上了玉皇山顶，在这里伫立四望，右面是妩媚妖娆的西湖，左面是波澜壮阔的钱塘江，杭州城尽收眼底。毛泽东情不自禁地赞道："上有天堂，下有苏杭，杭州真是个好地方！"

从山上下来时，毛泽东并没有走蜿蜒的小路，却径直踏着杂草往灌木丛生的野草地走去。走在前面探路的警卫队长陈长江发现无路可走，就说："主席，前边没有路了。"这时，罗瑞卿建议道："主席，我们往回走吧。"毛泽东手一摆，不满意地说："往前走，没有路我们可以走出路来，路是人走出来的嘛！"说着，他就钻进了一片树林。

毛泽东正是以敢于走前人没走过的路的英雄气概，在杭州诞生了新中国第一部宪法草案初稿。时任浙江省委书记谭启龙后来回忆，当时宪法草案"前后共修改一二十稿"。在草案中，毛泽东主张删除"国家元首"的条文，拒绝仿照"斯大林宪法"为新中国宪法命名为"毛泽东宪法"。

1954年3月14日晚，毛泽东的专列离开杭州。17日，毛泽东和宪法起草小组一行回到北京后，立即着手召集宪法起草委员会会议，讨论宪法草案。

9月15日15时，中华人民共和国第一届全国人民代表大会第一次会议在北京中南海怀仁堂隆重开幕。9月20日，出席大会的1197名代表，以无记名投票的方式全票通过了《中华人民共和国宪法》。

若干年后，在西湖边的刘庄，那座傍水而建的、毛泽东住过的一号楼，被许多人称作"主席楼"。

第五章　文人的心灵驿站

有诗人说，火车站是文化人的心灵驿站。

火车停下了，火车又启程了。在文化人的眼里，这都是经历、人物和故事。

置身其间，在这静与动的转换中，你也许会得到片刻的宁静或灵感。你若累了，这里是歇息的港湾；你要出征了，这里是力量的源泉。破碎的心，在这里能够修补，失落的情调，在这里也能够找回。

前门东站正是以它特有的姿态，屹立在世人面前，丰富和完善着文化人的想象力。行走四方的游子，走出前门东站，立刻就会被眼前的老城墙、大前门所震撼。这是历史的真实，这就是老北京的魅力。它以强大的包容力，将天下客"化"入其中，让每一个人都心甘情愿地成为它的一分子。一拨又一拨文化学者，从这里开始亲近前门，认识老北京；一批又一批的文化精英，在这里驻足沉思，留下了清晰的脚印和梦想。

民国年间，我国杰出的历史地理学家侯仁之，当年乘火车在前门东站下车，仿佛一下子走进了历史。他充满激情地写道："我作为一个青年学生，对当时被称作文化古城的北平，心向往之。终于在一个初冬的傍晚，乘火车到了前门东站。当我在暮色苍茫中随着拥挤的人群走出车站时，巍峨的正阳门和浑厚的城墙蓦然出现在我眼前。一瞬之间，我好像突然感到一种历史的真实。"

火车到达这里，或从这里驶出，许多人的人生道路或许就在这一刻发生了历史性转折。鲁迅、冰心也好，张恨水、徐志摩也罢，还有沈从文、老舍，这些民国年间闻名遐迩的文化名人，都以十分复杂的心情，踏上过前门东站的月台，或从远方来到这里，或从这里奔向远方。他们都走得深，走得远，所以才走到了别人走不到的境界。顷刻间，骤然梦醒，眼前是一种前所未有的辽阔和深厚。

从前门东站出发，随行的无论是幸福还是伤痛，作为一个历史的年轮和印迹，却可以成为逝者如斯的补偿和象征。月台上的挥泪告别，火车上的晨曲畅想，也许就是他们笔下的长篇小说、文学回忆录和系列散文，就是他们文学作品里的人物、故事、背景和注脚。

从此，他们走进了一个更加宽广、温暖、亲切、平坦的人生境界，成就了另外一种文字，一种发自内心的，为一个人最真实的存在而写的，因而更朴素、更诚实，也更干净的文字。从而提升了前门与火车的文化内涵，带动了北京及中国新世纪的文学艺术风气。

冰心的回家路

1929 年 12 月中旬，一连几天，在燕京大学任教的冰心坐卧不安。她接到父亲的电报，母亲病重，让她尽快回到上海。可是，她一直在为是坐火车还是坐海轮发愁。

冰心祖籍福建，父亲谢葆璋从海军部次长的位置上退休后，在上海法租界租了一幢小洋楼，跟妻子、儿孙和仆人们住在一起。

父亲长年在外，冰心是跟着母亲长大的，她与母亲的感情很深。冰心曾在《寄小读者》中，描写了旅途中见到的一对母女。那女孩儿不住地撒娇，要汤要水。母亲面目蔼然，态度温和，一点也不厌烦。冰心动情地写道："我想起我的母亲，不觉凭在甬道的窗边，临风偷洒了几点酸泪。"

那时候，从北平到上海有火车，但不能直达，必须分段乘坐，几次倒车。先从北平前门东站搭乘津卢列车到天津，再换乘津浦列车到浦口，然后坐船过江，到对岸的南京火车站换乘京沪列车到上海。按照正常速度，这一路上要花两天两夜——不仅仅是因为车速慢，主要是中途需要多次换车，特折腾人。

这两天两夜确实很慢，不过在 20 世纪 20 年代中国人的心目中，这个速度已经是他们引以为豪的最快纪录了。1922 年 6 月，北大教授吴虞从北京去汉口，在火车上待了两天一夜，他下车时居然感叹道："两千四百六十里，此时即到，可谓神速矣！"可见中国人是

↑冰 心

很容易满足的。

1929 年冬天，是个很冷酷的严冬。蒋介石的中央军跟冯玉祥的西北军之间正在打仗，形势动荡不安。冰心托朋友打探平津列车、津浦列车和京沪列车的时刻表，以便精确规划出行时间。打探的结果是：津浦线被军方临时征用，北京和上海之间的铁路无法通车！为此，冰心打算从前门东站坐津卢铁路的火车到天津，再从天津乘船回上海。

这天早晨，冰心向旅行社打电话，要订一张从天津去上海的船票。

旅行社业务员答复冰心，因为临近元旦假期，回家过阳历年的旅客很多，最快只能买到五天后——12 月 19 日天津到上海的船票。冰心说："无论如何，我是走定了，即使是猪圈，是狗窝，只要能把我渡过海去！"

冰心立马赶到前门东站。车站人流涌动，买票的人排起了长队。二等、三等火车票已经销售一空，她只好买了两张 12 月 18 日去天津的特等火车票，价钱很贵。

18 日晚上 7 点左右，火车抵达天津。冰心夫妇住宿在国民饭店，等待翌日乘轮船出发。待在旅馆里的冰心内心焦虑，慢性肠炎的老毛病又发作了，上吐下泻，神志模糊。直到船启程的那天，冰心的身体还是没有恢复，但她必须要走，否则船票就过期了。

下午两点半，冰心夫妇坐人力车去了天津码头，顺利登上一艘直达上海的"顺天号"轮船。甲板上挤满了回家过年的学生、民工和小商贩，舱门外笑骂声、争吵声和叫卖声响成一片。丈夫吴文藻不由得心疼地说："爱，我恨不能跟了你去，这种地方岂是你受得了的！"

冰心握住丈夫的手说："不妨事，我原也是人类中之一。"意思是你别担心我，我虽然出身富贵、生活优裕，但并非不食人间烟火的林黛玉，其他乘客都能受得了，我凭什么受不了呢？

冰心购买的是"官舱"，类似飞机的头等舱，相当于火车上的软卧，然而她发现官舱也不好坐，人很多。一个七八平方米的小船舱，居然安排了上下两层四个卧铺，而且除了冰心的铺位是一个人之外，其余的乘客，或者带着小孩，或者带了箱篓包裹等各种行李，把空间塞得满满的，连个转身的地儿都没有。

冰心蜷曲在铺位上休息，因为铺位太窄小，没法把双脚舒展开

有了爱就有了一切
冰心

↑ 北京鲁迅文学院中的冰心雕塑。摄影 / 崔君

来。小孩的哭闹声，大人的叱骂声，夹杂着机器的轰鸣声和柴油味、机油味、铁锈味、汗臭味、脚臭味，扑面而来，令人作呕，闹得冰心没法休息。

轮船在天津码头逗留了 7 个小时，到晚上 10 点多才缓缓开动。"顺天号"轮船驶出塘沽，风大浪急，有些乘客呕吐不止。冰心是海军部次长的女儿，打小见惯风浪，从不晕船。可众人呕吐得厉害，弄得她一点胃口都没有。每到吃饭的时间，茶房一迭声地叫喊"吃饭咧"，她不饮不食，只想睡觉，因为睡着了就安静了。冰心在回忆这段旅程时说："我已置身心于度外，不饮不食，只求能睡。"

在大海上颠簸了三天三夜，直到 12 月 22 日晚 6 点多钟，轮船终于停靠在上海浦东码头，这一路上整整用去 68 个小时。如果再算上冰心在天津等船的时间，以及在北京等候船票的时间，从北京回一趟上海居然要花八九天时间！可见民国时代的回家路是多么漫长。

事后有人设计，如果冰心回家不是在 1929 年底，而是选择在 1933 年底，那么她的回家路就会顺畅很多。1933 年 10 月 22 日，南京下关到浦口火车轮渡正式通航，北京与上海之间，通过津卢、津浦和沪宁铁路实现了火车直通。譬如说，她上午 9 时从北京前门东站乘坐特快列车出发，第二天中午就可抵达上海北站，全程只需要 27 个小时。

鲁迅那时的火车

1912 年 5 月 5 日，鲁迅第一次来北京，就是坐火车在前门东站下的车。

《鲁迅日记》中写道："约七时抵北京，宿长发店。"他一次去天津，三次回绍兴，其后于 1926 年 8 月 26 日下午 4 时余乘火车离开北京，以及后来两度回京省亲，14 次上车、下车都是在前门东站。只有 1924 年 7 月去西安讲学，是在前门西站上的车。民国前期，前门东站一直是北京对外交通的重要枢纽。

当年，鲁迅坐火车回绍兴老家，也不是一件容易的事。从北京到上海，一路上几次倒车，抢座位，过轮渡，找旅馆，让人疲惫不堪。火车慢，轮船更慢，而且经常人满为患，座位紧缺，环境脏乱差。

民国时期，虽然没有现在这么多入城农民工和学生，但是因为战乱，躲避战火的老百姓也非常多。当时的列车不实行对号入座，都是旅客自己上车找座，能不能抢到座，全看运气和力气。那时候许多名流都会选择乘火车出行，他们也顾不上斯文，撩起长马褂，木箱子置于额头前，奋不顾身朝前冲。挤上火车，抢上座位才是最根本的。

巴金曾经回忆抢座位的体验："如同老鹰抓小鸡，上车时以极高的挤人冲刺技巧从登车口杀出一条血路，然后迅速抢到一个座位并坐下。"

↑鲁　迅

　　鲁迅第一次在前门东站坐火车，是 1913 年夏天。

　　这年夏天，在北洋政府教育部任职的鲁迅请了假，坐火车回乡省亲。

　　6 月 19 日下午 4 点 40 分，火车从前门东站出发，7 点 20 分到达天津，走了两小时四十分钟。这个速度在当时够快的了，一般情况下得三四个小时。不过，鲁迅到老家绍兴时，已是 24 日早晨了。路上走了五天四夜。那时候浦口没有长江大桥，旅客必须在浦口火车站下车，乘轮渡过江，到对面的南京火车站换车。

　　浦口火车站，是津浦铁路的终点站和始发站。那年月，从南京开往东北、西北、华北以及山东半岛的列车绝大多数都从这里出发，返回的列车也在这里掉头。这里是陆港衔接、客货中转的交通枢纽。

　　从北京坐火车去上海，一个单程就得倒四次车：先登津卢铁路的车，再乘津浦铁路的车，然后坐宁沪铁路的车，最后还要换沪杭铁路的车。

鲁迅先生第二次在前门东站坐火车，是 1916 年底。

这年 12 月，鲁迅为母亲六十寿辰庆寿，专程回了一趟绍兴。这回倒车少，头一天早上 8 点半从前门东站乘火车出发，次日晚上 9 点即到上海。他在上海逗留一天买书购物，第四天动身，先坐车后坐船，第五天一早便到家了。

鲁迅先生第三次在前门东站坐火车，是 1920 年的元旦。

1919 年秋天，鲁迅和二弟周作人合伙在北京八道湾买了一套四合院。这是一座前后三进外带跨院的大四合院。同年 11 月 21 日，鲁迅和周作人一家搬入新居。鲁迅决定立马回绍兴老家，接母亲鲁瑞、夫人朱安、三弟周建人一家到北京生活。

1920 年 1 月 1 日凌晨，天还未亮，鲁迅从八道湾雇用黄包车去前门东站，挤上了开往天津的火车。这趟车特别慢，早上 6 点开出，中午 12 点抵达天津火车站，整整行驶了 6 个小时。当日下午，鲁迅换乘津浦铁路的火车，经过一天一夜的行程，于 1 月 2 日傍晚抵达浦口火车站。

轮渡过长江后，鲁迅住宿于南京火车站旁的小旅馆。次日一早，他挤上了开往上海的火车。1 月 3 日黄昏时，鲁迅抵达上海火车站，便即买好翌日去杭州的火车票。1 月 4 日凌晨，鲁迅坐上了开往杭州的火车，当日下午抵达杭州。在小旅馆一住下，他就立刻打电话联系去绍兴的船票，可船票都是三天以后的。他找到旅馆茶房，好

⊕ 北京鲁迅文学院中的鲁迅雕塑。摄影／崔君

不容易买到了一张从杭州去绍兴的船票。船票是后天晚上的，他只得在旅馆里等着。

1月6日下午，鲁迅雇了一辆黄包车，抵达钱塘江码头。傍晚时，登上去绍兴的小火轮。经过一个晚上的水上颠簸，1月7日早晨，终于抵达绍兴。鲁迅换上轿子，几个小时后，才回到了绍兴城内新台门里的周宅。

这一路上，鲁迅不停地更换交通工具，先坐车，再坐船，再坐车，再坐船，光火车就倒了四次，全程用了六天五夜。

鲁迅接上母亲她们，北上定居。回京途中，在南京过江时，遭遇大风雪，轮渡逆风而行，总算靠了北岸。上了火车，又幸好搞到卧铺票，一家子才稍稍缓过神来。这无疑又是一次艰辛的行程。

1926年8月26日，鲁迅辞去教育部的职务后，告别北京。他和许广平从北京前门东站乘坐平津列车到天津，第二天再乘津浦列车到南京浦口站，第三天从浦口站坐轮船渡过长江，第四天从南京火车站换乘沪宁列车抵达上海。到上海以后，两人分道扬镳，鲁迅去厦门，许广平去广州。

民国时期，火车在中国应该是最快捷、最时尚的交通工具。列车运行最高时速30公里左右，旅行时速也就20多公里。如当时的津卢铁路，从北京到天津137公里，慢车要走6个小时，旅行时速是23公里。

正是漫长的旅行，让鲁迅感悟颇多。于是，就有了鲁迅先生的名言："节省时间，也就是使一个人的有限的生命，更加有效，而也即等于延长了人的生命。"

1929 年 5 月，鲁迅从上海坐火车去北京探望母亲（鲁迅辞职回上海后，母亲仍然定居北京生活），途中给许广平写了一封信。他在信中高兴地说："在沪宁车上总算得了一个座位，渡江上了平浦列车，居然定着一张卧铺，这就好了。"当年，连鲁迅这等大腕都要庆幸在火车上"总算得了一个座位"，说明当时列车座位紧缺到了何等地步。

有了卧铺票，一路上不必抢座，不愁拥挤，休息得自然不错。但在廊坊附近火车头发生故障，到北京时误点 2 小时。后来报纸上报道，称北方天冷，而导致火车误点。鲁迅写信给许广平时说，北京并不冷，报上所言并非事实，而天冷造成火车误点一说，则十分可笑，莫非火车也怕冷吗？

那个年代火车票价比较贵，卧铺票更贵。1929 年那次返沪时，鲁迅买到了卧铺票，花了五十五元七角，相当于现在的人民币近两千元，这个票价绝非普通百姓所能承受。1932 年 11 月，因母亲生病，鲁迅再次北上探望，票价是五十五元五角。不过这个价格与三年前相比并未见涨。

自 1912 年 5 月鲁迅坐火车初次进京，至今已经一个世纪。历史的车轮滚滚向前，中国社会发生了翻天覆地的变化，铁路也是今非昔比。今天，若乘高铁，从北京南站至上海虹桥站，约四小时五十分钟，而北京南站至绍兴北站则需六小时十五分钟。而二等座票价，仅需人民币 550 多元。

生活中不知道有多少人，与故乡爱恨交织，一旦踏上征程，就再也没有回过故乡。有人曾斥责鲁迅很少回家，对故乡没有感情。其实，那个年代乘车难是一个重要原因。对于鲁迅而言，也和我们很多人的情感一样，故乡梦影，永在心头，不是不想回去，而是回不去了。

北京，我来征服你了

沈从文一生，多次进出北京，前门东站是他的必经之地。

然而，沈从文第一次来北京，应该是在前门西站下的车。据考证，当年他离开凤凰前往省城长沙，之后辗转来到北京，应该是乘坐京汉铁路的火车。1937 年日军占领北平后，前门西站改为货运站。在此之前，京汉铁路的客车都是在前门西站终到。

1922 年 9 月，一个来自遥远湘西的乡下青年，怀揣着青春梦想以及对文学的满腔热忱，向京城而来。当他夹着笨重的铺盖，从前门西站走下火车时，立刻被眼前朝思暮想的这座古城所吸引。他站在月台上跺了跺脚，望了一眼天空和大地，大声喊道："北京，我来征服你了！"说完，便大步流星地走进了北京城。

这位踌躇满志的青年叫沈从文，这一年他 20 岁。

↑ 沈从文

　　关于沈从文首次踏上北京前门西站的时间，是一件历史悬案。沈从文多次讲，他是 20 岁那年来的北京，即 1922 年。而许多研究沈从文作品的学者不断地纠正他，指出他是 1923 年来的北京，即他 21 岁那年。

　　著名画家黄永玉在《太阳下的风景——沈从文与我》一文中回忆道："从文表叔十八岁的时候也是从前门火车站下的车，他说他走出车站看见高耸的大前门时几乎吓坏了！'啊！北京，我要来征服你了……'时间一晃，半个世纪过去了。比他晚了 10 年，我已经 28 岁才来到北京。时间是 1953 年 2 月。"

　　按辈分论，沈从文是黄永玉的表叔，即黄的父亲是沈的表哥。沈从文四五十岁时，黄永玉还是 20 出头的毛头小伙子。同是湘西凤凰人，一个是文学大师，一个是艺术大家，他们都是沿着缓缓东流的沱江水走向世界的。

据同行的朋友回忆，沈从文走下火车时，口袋里只剩下 7 块 6 毛钱。他走出车站，在站前的广场上站了一会儿。他首先看到了规整的箭楼，彩绘剥落的正阳门楼，心慑于一种深沉庄严的美丽，突然有了一种豁然开朗的感觉。他壮着胆子，来到前门西河沿的一家小客店住了下来。这就是一代文人生命中崭新生活的最初起点。

这年冬天，沈从文蜷缩在小客店一间没有炉子的小屋里。天寒地冻、财尽粮绝，穷困的沈从文连一件棉袄都买不起。

那天，郁达夫冒着鹅毛大雪来到他的住处。让郁达夫吃惊的是，这位青年竟然一边流着鼻血，一边正用冻僵的双手伏案写稿。郁达夫动情地解下自己的围巾，给沈从文围上，然后领他去街上吃饭，并把衣兜里剩下的几块钱全部给了他……

沈从文初到北京时，曾住在前门外西南的杨梅竹斜街 61 号，那里过去是酉西会馆。沈从文的《边城》《长河》《湘西散记》等名作就诞生于此。他后来又多次搬家，居无定所。

两年后，沈从文已经开始在《现代评论》和《北京晨报》上发表作品。踏上了文学创作之路的沈从文，一发不可收，写出了大量有着浓郁湘西气息的感人作品。由此，他受知于郁达夫、胡适等人，以后又逐渐认识了徐志摩、杨振声、朱光潜、梁实秋、朱自清。

经胡适、徐志摩等朋友推荐，只有小学学历的沈从文走上了大学讲台。他先后任教于中国公学、青岛大学、西南联大和北京大学。与巴金相识时，他正在青岛大学任教，而巴金刚刚从法国留学归来。

巴金曾在北京主编《文学季刊》，与沈从文交往颇深。

黄永玉回忆道："从文表叔一家老是游徙不定。在旧社会他写过许多小说，照一位评论家的话说'叠起来有两个等身齐'。那么，他该有足够的钱去买一套四合院的住屋了，没有；他只是把一些钱买古董文物，一下子玉器，一下子宋元旧锦、明式家具……精精光。买成习惯，送也成习惯，全搬到一些博物馆和图书馆去。有时连收条也没打一个。人知道他无所谓，索性捐赠者的姓名也省却了。"

那年，巴金结束了《文学季刊》的事情，退掉住房，动身回上海，沈从文夫妇依依不舍地来到前门东站给他送行。沈从文握着巴金的手说："你还再来吗？"多年以后，巴金对当时分别的情景还是记忆犹新，他在文章中写道："我张开口吐出一个'我'字，声音就哑了，我多么不愿意在这个时候离开他们！我心里想：'有你们在，我一定会来。'"

沈从文思念故乡，但遥远的回家路，又让他不寒而栗。

1934年1月7日，离春节还有十多天，沈从文得知母亲病重，决定回湘西凤凰探望。这是他到北京之后第一次回故乡，此时他是一家报纸的副刊编辑。沈从文从前门西站出发，坐了几天几夜的火车后抵达长沙，再转车到常德，继而从常德乘车抵达桃源县。这时，五天时间已经过去了。

从桃源到凤凰不通公路，沈从文只好乘船到泸溪县的浦市镇。因为是逆沅水而上，船走得很慢，他在船上度过了难熬的七天七夜。

↑ 凤凰沈从文故居。

从浦市镇到凤凰县没有水路，他只好再走两天陆路，坐了两天轿子回到凤凰县。

就这样，沈从文一路上坐火车、汽车，乘轮船、坐轿子，把近代古代的交通工具都用了个遍，花了半个月的时间才从北京回到了故乡。

在这几千里的回乡之路中，沈从文给妻子写了很多信，讲述了沿途的所见所闻，这些信件便是 1992 年出版的《湘行书简》。他在信中说："除了路途遥远，一路上也是风险颇多……我抱着你同四丫头的相片，如果浪把我卷去，我也得有个伴！"

1937 年，卢沟桥事变爆发，沈从文随同清华、北大师生南迁昆明。

抗日战争结束的次年，沈从文携带家眷绕道上海回到光复后的北平。至此，他的后半生便留在了北京城。作为自由作家，他并没有明确的好恶倾向，始终警惕地与政治保持适当的距离。

《大公报》著名女记者彭子冈，在一篇题为《沈从文在北平》的文章中描绘了沈从文在北京的生活：如果你在北平的庙会或小胡同碰见一位提了网线袋，穿着一身灰色或淡褐色的长衫，身材矮小，一脸书卷气，眯着眼睛在书摊上找旧书或是在找门牌号数，说一口湖南、北平、云南杂糅的普通话的人，那便是沈从文。

1948 年，解放军兵临北平城下，国民党军队退守城内，两军对峙。一大批文化名流接到国民党通知，限期南下。时任北大教授、著名作家沈从文也名列其中。但饱经离乱的沈从文，毅然决定留下。

1952 年，黄永玉来北京时，沈从文已经封笔了。黄永玉回忆道："他住得很匆忙，很不安定，但因为我们到来，他就制造一副长住的气氛，免得我们年轻的远客惶惑不安。晚上，他陪着我刻木刻，看刀子在木板上运行，逐渐变成一幅画。他为此而兴奋，轻声地念叨一些鼓励的话……他的工作是为展品写标签，无须乎用太多的脑子。但我为他那精密之极的脑子搁下来不用而深深惋惜。我多么地不了解他，问他为什么不写小说；粗鲁的逼迫有时使他生气。"

1950 年，沈从文停止了文学创作以后，在很多阶段他曾经有过不少次试图重新掌握用笔的能力，做过很多努力，但是终究放弃了。1953 年，沈从文接到开明书店通知：其作品因内容已过时，凡已印和未印的作品均代为焚毁。

1981 年，沈从文呕心沥血写出的皇皇巨著《中国古代服饰研究》，由商务印书馆香港分馆精印出版。胡乔木致函祝贺："以一人之力，历时十余载，几经艰阻，数易其稿，幸获此鸿篇巨制，实为我国学术界一重大贡献，极为可贺。"

后来，这部著作成为国家领导人出访赠送外国元首的礼物，填补了我国文化史上的一个空白，从而奠定了沈从文由著名作家到著名历史学家、考古学家、古代服饰学家的地位。

从 1948 年 12 月 31 日，他在一张条幅上写下"封笔试纸"四字，到 1988 年 5 月 10 日他突发心脏病去世，在这长达四十年的漫长岁月里，沈从文经历了常人难以忍受的孤独与苦闷。

据说，沈从文的葬礼放的不是哀乐，而是他生前最喜爱的音乐——贝多芬的《悲怆奏鸣曲》。

一代大师，悄然而去，留给后人无限沉思。

沈从文作为 20 世纪中国最优秀的文学家，曾两度被提名为诺贝尔文学奖评选候选人，他的《边城》《湘西》等文学作品影响了一代又一代作家和文学爱好者。

徐志摩的那片云彩

1915 年秋天的一个中午，北京前门东站熙熙攘攘，一列从上海方向开来的客车停在了一站台。车上走下了一位年轻人，看上去十七八岁，身材修长，面容清秀，鼻梁上架着一副圆眼镜。

年轻人叫了一声："福叔。"站台不远处，一位身穿铁路制服的长者闻声跑了过来。福叔接过行李，两人亲切地说着话，都是南方口音，语音婉转，吐字清晰，好似珍珠落玉盘，清澈圆转。

福叔带着年轻人穿过一个侧门，避开拥挤的人群，轻松地走出了车站。

古老的城墙，高高的前门楼，涌动的车流、人流，年轻人脸上写满了惊喜。

这位年轻人，就是日后大名鼎鼎的诗人徐志摩。他刚从杭州第一中学毕业，是来北京大学读预科班的。

徐志摩在给伯父蓉初先生的信中写道："二十二日……气温骤降，凉风甚厉。二十三日……十一时抵前门，即正阳门车站。搜检颇不认真，站上有百里叔当差照应。现住金台旅馆，明日迁至蒋宅。二十四日由金台旅馆迁锡拉胡同蒋宅居住。"

信中所提到的"百里叔"，便是"蒋宅"的主人——蒋百里。他在前门东站当差，其堂兄是徐志摩的姑父，徐志摩称他为"福叔"。徐志摩为什么会选择蒋宅居住呢？一个明显的原因是，住在亲戚家可以免去房租。

徐志摩的第一次北京之行，可谓来去匆匆。这年 12 月，他返回家乡与张幼仪完婚，婚后就近进入上海沪江大学预科。掐指算来，他在北京只待了大概三个月。

1917 年的夏天，徐志摩重返北大读书。这次没有福叔接车，他是独自走出前门东站的。再回北京，徐志摩显然比两年前从容潇洒。在学校里，他一面选修自己喜欢的课程，一面广泛阅读各类书籍，等待机会出国留学。

一年后，徐志摩远赴美国留学。

1920 年，徐志摩在美国取得哥伦比亚大学经济学硕士学位后，又先后赴英国伦敦大学政治经济学院、剑桥大学皇家学院学习。在英国求学期间，他爱上了才女林徽因，可一直没有结果。1922 年 3 月，徐志摩在德国柏林与发妻张幼仪离婚。当年年底，他怀着对心

⊙ 徐志摩

上人的美丽憧憬来到北京，出任松坡图书馆第二馆的英文干事。次年春天，徐志摩应聘为北京大学英文系教授。

早在英国留学期间，徐志摩就对诗歌产生了浓厚的兴趣，偶有试作。回国后，新文化运动方兴未艾，在这种气氛感染下，徐志摩用新诗的形式进行创作，相继在《努力周报》《时事新报·学灯》《晨报副刊》等报刊上发表了大量诗作。

在徐志摩的手里，诗冲破了传统的藩篱，还原了火热的现实生活，激发起新生活的浪花和乐趣，体现了诗人对美的追求，对爱情的视死如归，成就了一种崭新的文学形式。

这时，胡适、郭沫若、冰心等人均对新诗创作进行了积极的尝试。徐志摩的诗，以其全新的气息、自由的排列、较长的篇幅，特别是鲜明的节奏感，一下子引起了文坛的关注。清华大学、北师大附属中学等学校，接连请徐志摩去办文学讲座，更使他名噪京城。

1924 年 4 月，泰戈尔访华。为了迎接这位诺贝尔文学奖得主，中国的文化精英们显示出极大热情。受北大的指派，徐志摩亲自前往上海接机，陪同泰翁到京。那天，梁启超、蔡元培、胡适、辜鸿铭、林长民等一大批中国文化名流，会聚北京前门东站，在站台上夹道欢迎泰戈尔的到来。徐志摩陪同泰翁走下火车时，从欢迎的男团队伍中意外地发现了两位才女，林徽因与凌叔华。

林徽因、凌叔华与徐志摩一道，全程陪同泰戈尔的北平之行。此时林徽因已经和梁思成有了婚约，但她并不避嫌，十分乐意与徐志摩搭档接待。而凌叔华正在燕京大学读书，她能写会画，是有名的才女。

泰戈尔演讲，一直由徐志摩担任翻译。徐志摩陪同泰戈尔前往法源寺观赏丁香。在海棠花下，徐志摩作了一夜的诗，一时传为佳话。

这天下午，结束公众活动后，凌叔华便和一位画家朋友邀请泰戈尔到凌府花园聚会，泰戈尔欣然应允。一同来到凌府的，还有徐志摩和北京大学教授兼英文系主任陈源。凌叔华谈吐珠玑，风华绝代，倾倒了在场的所有男人，其中就包括陈源和徐志摩。

自此，徐志摩与凌叔华开始了频繁而密集的通信。半年中，徐凌通信多达 80 封，平均两日一封。这期间，陈源也是当仁不让，向凌叔华展开强大追求攻势。

1926 年 6 月，凌叔华从燕京大学外文系毕业，以优异成绩获该校金钥匙奖。这年 7 月，她与陈源喜结良缘。不久，林徽因随梁思成赴美读书。

徐志摩的情绪坏透了。他怨恨林徽因，怨恨凌叔华，怨恨前门东站那个与两位才女邂逅的月台。

苦闷时，徐志摩写了一篇小说，题目为《死城》。他在小说中写道："在灰土狂舞的青空兀突着前门的城楼，像一个脑袋，像一个骷髅。青底白字的方块像是骷髅脸上的窟窿，显著无限的忧郁，廉枫从不曾想到前门会有这样的面目。"

昔日高大的前门箭楼，如今在徐志摩的眼中，竟然是如此恐怖！显然，在徐志摩的内心深处，激荡着一股无比悲愤的情绪。徐志摩曾经翻译过丹农雪乌的戏剧《死城》，而徐志摩创作的小说《死城》便是以此为题，借写主人公廉枫在北京一晚的感受，表达了自己对生活的绝望心情。

于是，徐志摩告别京华，追随泰戈尔云游欧洲去了。然而，徐志摩终究离不开爱情。很快，他与才女陆小曼坠入了爱河。

1926 年 10 月，徐志摩与陆小曼在北海公园举办了婚礼。两个月后，为了躲避战乱，他们迁居上海。此后，徐志摩曾在上海和南京的一些大学里担任教授，还办起了《新月》月刊，成为新月派的灵魂人物。这期间，他曾再次来到英国剑桥，在回国途中，写下了脍炙人口的名作——《再别康桥》。

1931 年初，徐志摩再次踏上了前门火车站的站台，他又回到了北京。春季开学后，他继续担任北京大学英文系教授。

他与陆小曼过起了两地分居生活。这期间，他曾多次出入前门东站，让火车载着他，穿越两地的思念之情。半年内，徐志摩竟然在北京与上海之间来回奔波了八次……那时，南京浦口还没有火车轮渡，从北京到上海，要倒几次火车，最快也要两天。火车的长途跋涉，让他痛苦不堪。

1931 年 11 月 11 日，徐志摩乘飞机最后一次离开北京。他悄悄地离开，正如 16 年前，他悄悄地来一样。

11 月 19 日，徐志摩乘飞机返回北京的途中，因突遇大雾，飞机在济南郊外的党家庄触山坠毁。空中烈焰，他没来得及挥手，也没带走一片云彩。一代天才诗人，就这样结束了自己浪漫而传奇的一生。徐志摩再也没有回到北京，没有回到那个见证了他浪漫才情，带给了他甜蜜爱情的地方……

徐志摩竟然就这样走了，这年他 33 岁。

朋友们都记得徐志摩的音容笑貌，他的热情、才华、活力，他的种种美好。朋友们为他痛心疾首、捶胸顿足：志摩，你不是爱坐火车吗？你为什么不能像往常一样出入前门东站啊？你为什么要坐飞机呢？

徐志摩是一个特殊的符号。属于他的那片云彩，永远地留在了天边。

张恨水的火车故事

1919 年秋的一个傍晚，北京前门东站走出一个身穿长衫、一脸茫然的年轻人。明月高悬，轩竣壮丽的前门箭楼扑入眼帘。他不由感叹地吐出了一句话："侥幸，终于看到你了！"

这个年轻人就是十年后红遍大江南北、家喻户晓的小说家张恨水。这天，是他北漂生涯的开始，也是他与北京一生一世情义的开始。

许多年后，张恨水依然记得当时的情景："当民国八年秋季到北京的时候，天色已经黑了，前门楼的伟大建筑，小胡同的矮屋，带着白纸灯笼的骡车，给我江南人一个极深刻的印象。"

临行前，张恨水辞去了芜湖《皖江日报》的工作。尽管报社同仁再三挽留，他还是当掉了皮袍子，又向邻居卖纸烟的桂家老伯借了 10 块大洋，一共凑了 20 块大洋，买了一张来北京的火车票，搭上了津浦铁路的列车。

当时，张恨水在芜湖已经小有名气。他 8 岁时就被乡邻称作"神童"，13 岁时便开始创作长篇小说。此时，《皖江日报》正在连载他的长篇言情小说《紫玉成烟》。这是他的处女作，也是他走向文学巅峰的起点。

这年他 24 岁。自此，张恨水生命中的 72 个年头，有近 40 个春秋是在北京度过的。没有北京，根本无法产生我们现在所熟悉的张恨水。

⤊ 张恨水

1924 年，张恨水在北京报纸上连载章回体小说《春明外史》，一炮走红。从此，他在北京城无人不识，名利双收，找他约稿的人不断。他借鉴《红楼梦》的手法，创作了一部属于他自己的《儒林外史》——小说《金粉世家》，被称为"民国版的《红楼梦》"。

少帅张学良看中了张恨水，多次盛情地邀请他去沈阳做官。张恨水虽然几次婉拒了张学良的好意，但他亦知投桃报李。1928 年12 月 13 日，张学良宣布东北易帜之前，张恨水从前门东站上车，乘平奉铁路列车赶到沈阳，受北平《世界日报》和《北平朝报》委派，采访张学良。在帅府老虎厅上，二张长谈了四五个钟头，极其融洽。

少帅说，如今京奉铁路通畅，京沈往返方便，帅府急需用人，先生是否有来沈阳任职之意？张恨水依然是笑而不语。少帅无奈，人各有志也。

1931 年秋，应世界书局总经理沈知方之邀，张恨水乘坐平沪铁路的列车，首次风光地来到上海滩。经过两轮的谈判，张恨水与世界书局签订了一份大合同，将6部长篇小说的版权卖给他们。世界书局交给他一张8000元的支票，作为预付的部分稿酬，后又陆续给他汇去近万元钞票。张恨水头一次享受到了款爷的滋味，在财富方面攀上人生的巅峰。

张恨水坐火车往返于北平、上海之间，经常进出前门东站，来去匆匆，乐此不疲。这期间，他还在上海租下一间房，埋头为三友书社写作《啼笑因缘》的续集。

1934年5月，张恨水从前门西站出发，走平汉铁路，途经郑州，沿陇海铁路，进入陕西，开始了潼关至兰州的西北之旅，在西北考察了近三个月。他将西北沿途所见所闻写为《西游小记》，介绍了沿途各地的风景名胜、民生民俗、历史地理，引起时人对开发西北的关注。

南京下关到浦口的火车轮渡正式通航后，平沪铁路实现了全线贯通，中外旅客纷纷慕名而来。1935年初，张恨水以平沪铁路火车为背景，创作了一部题为《平沪通车》的中篇小说。这篇小说在张恨水的众多作品中显得不足挂齿，然而对于铁路史研究者来说，它传承了大量当时的火车故事，尤其是平沪通车的生动资料，极为难得。

一列火车从前门东站开出，驶向上海。小说的故事几乎都发生在这趟火车上。银行经理胡子云携带巨款，买了一张头等卧车车票，在火车上遇到了一位妙龄美女。胡子云被美女诱惑，想方设法接近她，却不知美女是个骗术高手。美女早已根据这趟列车的运行规律，为胡子云精心设计了一个大骗局。最后，巨款被骗走，胡子云倾家荡产。

胡子云坐的是头等卧车。头等卧车车票多少钱呢？查阅 1934 年 10 月的平沪通车价目表，头等车基础票价为 76.95 元，如果坐卧车还得另外加钱，头等车上铺每晚 3.5 元、下铺每晚 4.5 元。胡子云买的是下铺，列车需要经过两个晚上，也就是说，胡子云的车票要花 85.95 元。这是一笔不小的花费。当时，全国铁路工人的月平均工资为 24 元。也就是说，一个普通铁路工人辛辛苦苦干一个月，工资还不够坐一趟平沪列车的三等车，更别提头等卧车了。

当时火车是轮渡过江，仅过江就要 4 个小时。很多旅客等得不耐烦了，就在浦口下车，自己坐船过江，吃个饭，泡个澡，等火车过江后，再从南京继续乘车。张恨水笔下的火车故事，一波三折，韵味无穷。

抗日战争爆发后，以言情小说见长的张恨水，却拿起了愤怒的笔，直面战事，树立起一座座民族精神的纪念碑。这时的他，已经是一名不折不扣的爱国主义战士。他写了很多抗日小说，如《热血之花》《大江东去》《虎贲万岁》《太平花》等。《热血之花》是发现的迄今为止最早的抗战小说。

张恨水的文字从容、冷静、真实、深刻。他的最后一部小说《巴山夜雨》是抗战文学的代表作，可以与巴金的《寒夜》相媲美。

1953 年，作家张恨水坐火车从北京到上海旅行，这是他第一次乘坐新中国的火车长途出行，对于火车里的一切，他都好奇地打量着。火车上服务优良、环境整洁、管理得法，令他赞叹不已。车座壁上，张挂着一张地名表，还有服务员用无线电不断报告前方站的站名。至于中途到站的旅客，无论是何时，服务员都很尽心地通知旅客，免得旅客过了站。这些都让张恨水觉得比国民时的火车服务周到。

张恨水是民国时期产量最多、最热门的作家。那年头，他的书常年位居畅销书榜首。50 多年间，他写了 120 多部小说，多达三千多万字。他还创作了大量散文、诗词、游记等，约一千万字。现代作家无出其右，可以说是著作等身了。他是中国的"大仲马"。老舍曾说："张恨水是国内唯一的妇孺皆知的老作家。"

1967 年 2 月 15 日清晨，服侍了张恨水几十年的老佣人唤醒他，正在给他穿鞋时，张恨水突发脑溢血，向后一仰，撒手而去。

至此，张恨水走完了他的生命春秋。

老舍笔下的老北京

老舍属于北京，北京也是属于老舍的。

北京是老舍心中永远的城，前门是老舍的福地。

老舍的作品种类非常丰富，有描述生活在南洋的儿童小坡"梦境"的《小坡的生日》，有讲述喵星人的科幻风格作品《猫城记》，不过，老舍留下最多笔墨的，依然是这座北京城。老舍笔下的北京城，没有红墙绿瓦，没有伟岸壮阔的城墙，有的只是七拐八拐的破胡同儿和破旧的四合院儿。他笔下的人物，多处于底层。

"生于北平，三岁失怙，可谓无父。"这是老舍为自己写下的身世。因为家境贫寒，老舍9岁才得人资助进入私塾，5年后考取了公费的北京师范学校，"继学师范，遂奠教书匠之基。"日子虽过得清苦，但生活滋味儿却浓。

老舍与前门有着很深的感情。1949年，老舍从美国归国，就住在前门的一座小院里。在这里，老舍先生度过了生命中最后的16年。他的重要作品《茶馆》《龙须沟》《正红旗下》等，都是在这里完成的。

"龙须沟"因老舍先生的作品而家喻户晓，而它真正的名字叫"三里河"，是一条古老的泄洪渠，就在前门大街的东边。老舍这样描述道："这是北京天桥东边的一条有名的臭沟，沟里全是红红绿绿的稠泥浆，每逢下雨，不但街道整个变成泥塘，而且臭沟的水就漾出槽来。"1950年，为了改善前门周边居民的生活条件，三里河被改造成下水道，表面铺设了平坦的马路。

老舍先生说，小时候他家很穷，经常去铁路边拾煤核。老舍的姥姥家就在西直门"四道口"附近，门前通过的火车，拉着满满的

↑老　舍

煤。由于风力和颠簸，火车上的煤很容易掉下来。穷人家的孩子就会跟着火车跑，一路捡拾煤渣。

1900 年以后，北京大街上有了充气轮胎的洋车，就是老舍先生笔下骆驼祥子拉的那种车。这车充气后拉着轻快，坐着也舒服。奔跑的洋车，纷纷涌到前门东站、西站接送客人，成为一道流动的景观。

老舍先生的小说、散文中，经常出现正阳门下的火车站。他笔下的许多人物，都曾经以各自不同的命运，要么出现在前门火车站，要么出现在从前门站开出的火车上。

1939 年，老舍出了一本短篇小说集，名为《火车集》。其中有篇题为《番表——在火车上》的小说，刻画了一位小心翼翼、害怕坐过站的小人物。他从前门东站上火车，车开不久，他就向"茶房"打好招呼："到了天津告诉我一声。"一路上，只听他不停地向茶房和身边的旅客询问："到天津了吗？""快到天津了吧？"茶房叫苦不迭。

民国列车上的工作人员一般分为几种：车队长、查票员、司机、司火、轫夫、行李员等。此外还有一些杂役，如茶房、车僮、清洁工等。这些人各司其职，但"报站"都不是他们分内的事。民国火车查票极为频繁，经过任何一个车站都要查票，其实旅客下错站的事并不多见。

老舍尽管写的是一个小人物坐火车的故事，因为是从前门东站出发的火车，就很自然地映衬了老北京的热闹、繁华。在表现民国人对火车恐惧的同时，也呈现出老北京人向往新生活的美好愿景。

老舍写故事，最精彩、最出人意料的莫过于短篇小说《"火"车》。这篇小说的高明，从题目上便先体现出来。火车的火字打上引号，一定有某种特殊的含义，标题即能吸引读者的好奇心，不怕你不看下去。

小说的特色就是火车，一读就想到火车。三个字、两个字、一个字的句子，有节奏的，单调的，重复的，这像不像车轮碰撞铁轨的铿锵声？这就是作家为这篇小说专门设计的韵文。

火车从前门东站出发，车轮的铿锵声贯穿全文。这种铿锵声，其实是火车与人对话。火车就是一个背着生活重负的旅人，各种埋怨，各种牢骚，各种忧愁，各种希望，星夜兼程，越走越远，越奔越快……

⤒ 北京鲁迅文学院中的老舍雕塑。摄影 / 崔君

　　《马裤先生》是老舍幽默讽刺短篇小说中的名篇，发表于1933 年。小说写的是一个身穿马裤的旅客，在火车上颐指气使，让火车上的茶房伙计烦不胜烦，让同车者的"我"不胜其扰，让全车厢的人都为他高声大气的呼唤饱受折磨。这种折磨如此深刻，以至于走出火车站后，仿佛还能听见那声音纠缠在耳边。

　　火车在北平前门东站还没开，同屋那位睡上铺的穿马裤，戴平光的眼镜，青缎子洋服上身，胸袋插着小楷羊毫，足登青绒快靴的先生发了问："你也是从北平上车？"很和气的。

　　我倒有点迷了头，火车还没动呢，北平是始发站，不从北平上车，由哪儿呢？我只好反攻了："你从哪儿上车？"很和气的。我希望他说是由汉口或绥远上车，因为果然如此，那么中国火车一定已经是无轨的，可以随便走走；那多么自由！他没言语。看了看铺位，用尽全身——假如不是全身——的力气喊了声，"茶房！"

　　"一个多礼拜了，我还惦记着茶房的眉毛呢。"老舍让小说这样结尾，既表达了"我"对茶房的同情，也为小说画上了一个幽默的句号。小说以戏谑、夸张的漫画式手法，描写了马裤先生在火车上的经历，故事虽然简单，但对话幽默，极富戏剧性。

　　20 世纪 50 年代，老舍先生又将这部小说改编为独幕话剧《火车上的威风》，更是广为传播。话剧幕启：火车在前门东车站停着，即将开往沈阳。旅客们正先后入站上车。呼唤声，卖报声……颇为热闹。

这就是老舍笔下的京城，这就是前门老火车站的繁华与热闹。

老舍一生共创作了约计 800 余万字的作品。他的文学语言通俗易懂，朴实无华，幽默诙谐，具有较强的北京韵味，享有"杰出的语言大师"之誉。

老舍曾说："我想写一出最悲的悲剧，里面充满了无耻的笑声。"

老舍笔下的老北京，在小说里，在话剧里，也在人们的记忆里。

啊，我可回来啦

萧乾第一次坐火车闯荡人生，就是从北京东站出发的。那年他18 岁。

1985 年，75 岁高龄的萧乾在《北京城杂忆》中写道：1928 年的冬天，我初次离开北京，远走广东。临行，一位同学看见我当时穿的是双旧布鞋，就把他的一双皮鞋送了我，并且说："穿上吧，脚底没鞋穷半截。去南方可不能给咱老北京丢人现眼！"

年少的萧乾正是穿着朋友赠送的这双旧皮鞋，登上了火车，走向了世界。从那天开始，萧乾以前门东站为起点，一生中，闯荡了大半个中国、大半个世界。

晚年的萧乾，曾多次对朋友说："这座位于前门箭楼东侧的火车站，曾在中国近代史上充当过重要舞台。冠盖往来，车水马龙，

⟲萧 乾

它也是我个人经历上的一座里程碑。"

　　那时的火车、轮船速度都很慢。从北京到上海要走三天，再坐轮船去广州，又是三四天。然而，年少的萧乾却是满目新绿，一路兴奋。这是他第一次离开家乡去看外面的天地。

　　1935年夏天，萧乾在燕京大学新闻系毕业后，开始了自己的报人生涯。他先后在天津、上海、香港三地的《大公报》主编《文艺》副刊。赴天津去《大公报》上任的那天，萧乾也是从前门东站上的火车。

　　1939年，第二次世界大战时期，萧乾毅然选择了去英国，直到战争结束。在英国，他先是做教师，后来进入剑桥大学攻读硕士学位。1943年，萧乾放弃了剑桥的学业，领取了随军记者证，正式成为《大公报》的驻外记者。他是第二次世界大战中，活跃在欧洲战场上唯一的中国记者。

在战火弥漫的欧洲，萧乾随英军几次横渡德国潜艇出没的英吉利海峡，深入美、法两个占领区的战场采访；他随美军第七军挺进莱茵，进入刚刚解放的柏林，捕捉最有价值的新闻。他采写了《银风筝下的伦敦》《矛盾交响曲》等一系列反法西斯斗争的优秀战地通讯。从苏、美、英三国首脑讨论战后问题的波茨坦会议，到纽伦堡审判纳粹战犯，再到联合国成立大会，这些重大的历史性场面，萧乾都亲身见证，而且写出了大量的重量级报道。

1949 年，中国大地上的战火硝烟还没有散尽，新中国如朝阳在世界的东方喷薄欲出。这时的香港，面临着命运的大抉择，而在香港当报人的萧乾，也站在了人生的十字路口。鉴于萧乾的才学和知名度，不少朋友都在为他描绘灿烂的前景。香港报人的工作收入不菲，同仁们都希望他留下来；母校英国剑桥大学以诚相邀，希望他前去应教。剑桥大学何伦教授专程赴港迎接，不但许诺负担全家旅行费用，而且应允他终身职位；燕京大学同学、《人民日报》副总编杨刚，则劝他回来为人民服务。

萧乾坚定地选择了为人民服务。他说："我像只恋家的鸽子，奔回自己的出生地。"

这年 8 月 30 日，萧乾带着妻子梅韬与香港《中国文摘》英文杂志编辑部的几名中共地下党员一道，登上了挂着外国旗帜的"华安轮"。他们要尽快回到北平，迎接新中国的开国大典。轮船日夜兼程，闯过风云变幻的台湾海峡，顺利到达青岛。萧乾悬着的心才落了下来。

从青岛起程，火车向着北平慢腾腾地前行，沿线都是战争留下的断壁残垣。萧乾很为之痛心。1949年9月2日上午，列车进入北平。过了丰台站后，站在车窗前的萧乾，一眼就望到东便门的角楼，他激动的心嘭嘭地快速跳了起来。

列车在前门箭楼东侧的火车站停了下来。落脚站台，萧乾精神抖擞地踏上了北平的土地。他望着高大的前门楼，眼眶湿润了，不由长叹了一声："啊，我可回来啦！"

对于萧乾来说，他是回到老家了。对与他同行的年轻人们来说，则都是首次踏进这座举世闻名的古都。这些青年才俊们，怀着一腔爱国热血，从美国、英国、印尼、苏联而来，奔向自己的祖国。

月台上，迎接他的同志走上前来，紧紧地握着萧乾的手说："欢迎你和我们一起参加新中国的建设。"

1996年，萧乾在回忆文章中写道："四十六年前我坐火车来北京是在前门东站下的车。我们沿着长长的站台往西走向出站口，一边走一边扭着脖子往北看那和站台平行的灰灰的高高的城墙。出了站抬头便是正阳门和箭楼，高大巍峨，古色古香，背后衬着洁净的蓝天。北京东站选择的地址实在好，旅客下车马上就能领略到古都风貌。"

萧乾住进了前门外西河沿的亚洲饭店，这是他重返古城后的落脚点。多年后，萧乾回忆说，亚洲饭店不大，开着两种灶。他多么想和一道从香港来的年轻党员同桌而食啊。可是不成，负责照顾他的人安排萧乾一家坐到小灶席上，自己却到大灶上去啃窝头。这件事让萧乾心里很是不安。他从这种大灶与小灶的差别中，感觉到自己受到重视。同时，他感悟到了一种精神：共产党人到底不同，先人后己，礼贤下士。

萧乾以极大的热情投身于新中国建设，积极从事文学翻译工作。他响应党的号召，深入基层、深入生活，曾钻进烟熏火燎的蒸汽机车驾驶室，跟着火车司机出乘，亲自体验了铁路机车工人的艰辛。他写下了新中国火车司机的人物特写，刊发在《新观察》和《人民中国》上。

萧乾与铁路有缘。他的第一次采访，就是从铁路起步的。1934年暑假，就读燕京大学新闻系的萧乾，认识了平绥铁路上的货运员孟仰贤。萧乾跟着他坐火车，过长城，一路北行。萧乾嘲讽自己是"黄鱼"，一个不买票的特殊乘客。从塞北回来后，萧乾的特写《平绥琐记》刊登在《大公报》上，引起当时主管内蒙古事务的傅作义的关注。平绥铁路的采访，是萧乾人生第一篇采访。萧乾在他的《文学回忆录》中说，那趟"黄鱼"旅行是其接触社会现实的开始。

1989年，萧乾被国务院聘为中央文史研究馆馆长，担任全国政协七届、八届常委，九届委员。晚年的他与后任妻子文洁若，合译了爱尔兰作家詹姆斯·乔伊斯的名著《尤利西斯》。

萧乾写新闻，是名记者；论创作，是大作家。他还是大名鼎鼎的翻译家。他的代表作长篇小说《梦之谷》、译著《好兵帅克》《培尔·金特》《莎士比亚戏剧故事集》等，受到读者的喜爱，成为传世之作。他将西方现代派戏剧引入中国，造福于中国读者。1998 年 1 月，十卷本《萧乾文集》公开出版。

巴金曾在给萧乾的信中如是说："我常说三十年代的朋友中有三个人才华超过我若干倍，他们是从沈从文、曹禺和萧乾。"冰心称赞萧乾为"现代中国文坛上罕见的多才多艺的人"。

1999 年 2 月 11 日，萧乾病逝于北京，享年 89 岁。

刘白羽的前门见证

九一八事变，日寇铁蹄践踏中华大地，北平一片慌乱。

富商家庭出身的刘白羽，由于家道没落，从小就当起了学徒。社会的黑暗，亡国的痛楚，让他悲愤万分。他扛起行李，来到前门东站，踏上了开往东北的火车。他决心投笔从戎，保家卫国。这年刘白羽 15 岁。

临上车前，刘白羽回望了一下前门楼，咬了咬牙，头也不回地走了。

他本想投奔东北张学良的部队，却在孙殿英部队当了兵。部队驻扎绥远时，刘白羽因染上伤寒，被送回北平家中休养。再次回到高高的前门楼前，他很是沮丧。

⊕ 刘白羽

　　病中的刘白羽渴望读书。他站在前门楼下，沉思良久。他掏出了身上仅有的几个铜板，一头钻进了正阳门大街上的中国书店，买来一套《冰心女士文集》。回到家，他便如饥似渴地读了起来。由此，新文学为他打开一扇窗口，一个全新的世界迎面而来……

　　1934年，刘白羽考入北平民国大学中文系，开始练习写作。1936年3月，上海《文学》月刊发表了他的第一篇小说《冰天》。这部小说记述了他在旧军队的生活，在文中他鞭挞了旧军队的腐败。这一年，刘白羽去了上海，结识了巴金、黎烈文等一批进步作家。

　　回到北平后，刘白羽继续笔耕。1937年出版了自己的第一部小说集《草原上》。

　　多少次进出北平，前门东站都是刘白羽的出发地和终到站，更是他心灵的驿站。也许正是火车站前的前门楼，给了他心灵上的依恋，游子在外，念念不忘。

北平赢来了和平解放。解放军整齐的队伍行进在北平城的大街小巷，受到人民大众的热烈欢迎。刘白羽充满激情地写道："是的，从 1949 年 1 月 31 日下午 1 点钟——这个可纪念的时刻，北平开始了她的灿烂的青春。"

次日，解放军第 41 军的后续部队乘坐火车到达前门东站，通过高大的前门楼进城。刘白羽作为随军记者，以一种特殊的心情，与战士们一道走下火车，回到了朝思暮想的北平，见证了前门东站的骄傲，见证了这个伟大的时刻。

《晋绥日报》刊发新华社记者刘白羽的报道："2 月 1 日，精神饱满的解放军陆续由广安门源源开入北平外城。北平被围以来新开动的第一列火车，满载着人民的卫戍部队，在下午 2 点 30 分，经由铁路枢纽点丰台开到了北平前门东车站。"

解放军接管北平后，立刻开始筹备入城式。平津前线司令部决定，入城式部队以解放军第 41 军为主，加上华北军区某部和特种兵部队。他们通过看地图和实地勘察，确定入城式游行路线。由于参加入城游行的车炮，都是刚从前线上撤下来的，满身征尘。战士们把大炮、坦克、装甲车、汽车清洗得干干净净，打扮得焕然一新。

这一天，刘白羽极度兴奋。他马不停蹄地跟随进京部队，行走于北平的大街小巷。除了采写了大量消息外，他还写出了《沸腾了的北平——记人民解放军的北平入城式》《解放军来了——记解放军入城的第一天》等多篇历史性的通讯。

刘白羽在通讯《解放军来了——记解放军入城的第一天》中描绘道："当解放军前头接防部队走向朝阳门的时候，一个老太太突然扑向一个战士，握着他的手说：'你们可来了！'……青年们团团地围着自己的部队，市民们又团团围着青年，不少的父亲望着儿子笑，姐姐拉着弟弟笑，一直笑到万家灯火，人们还在笑，还在笑。"

刘白羽是一名党的优秀文艺战士。1938 年，他来到延安。他曾参加了延安文艺座谈会，聆听毛主席的讲话。后来，为宣传毛主席在延安文艺座谈会上的讲话精神，他去了重庆。东北解放战争三年，他一直都在前线作为新华社特派军事记者，全力投身于火热的战斗生活中，积极践行党的文艺路线。解放长春，解放四平，攻打锦州，一直到解放沈阳。后又随军南下，直到解放战争全面胜利。每一场战役，刘白羽都是积极的参加者、见证者。

刘白羽就是靠手中的笔，让敌人闻风丧胆。1995 年 11 月 2 日，中国作家协会在人民大会堂举办了"刘白羽从事文学创作 60 周年纪念会"。莫文骅将军在发言中说："当时在东北，人家都说，刘白羽到哪个部队，哪个部队就要打大仗了。"

长期的革命斗争实践，为他提供了丰富的创作源泉，他以饱满的热情努力刻画人民解放军战士的英雄形象，以通讯、散文、小说、报告文学的形式，写出了大量具有鲜明时代色彩、深刻思想内涵和独特艺术风格的优秀作品。这些作品具有强烈的战斗气息、朴实无华的艺术风格，充满了鼓舞人心的力量。

1950 年，刘白羽参与编制的反映解放战争的影片《中国人民的胜利》，获斯大林文艺奖。他创作了大量的文学作品，文笔粗犷、豪放，富于诗意，具有强烈的时代感，饱含着深刻的哲理，形成了独特的艺术风格。《长江三日》《日出》等多篇散文被选入中学、大学教材。长篇小说《第二个太阳》荣获第三届（1991 年）茅盾文学奖。长篇传记文学《心录的历程》获首届（1990—1994 年）中国优秀传记文学作品奖。直至 80 高龄时，他还创作出 90 万字的长篇系列散文《心灵的历程》，引起了文学评论界广泛的赞誉。长篇小说《风风雨雨太平洋》，是他酝酿了半个多世纪的、在文学道路长途跋涉的压卷之作。

刘白羽曾任新华社总社军事记者，人民文学杂志社主编，中国作家协会党组书记、副主席，文化部副部长。他是我国现代文学杰出代表人物，卓越的散文家、报告文学家、小说家，其中散文的成就最为突出。

2005 年 8 月 24 日，刘白羽因病在北京去世，享年 89 岁。

后记

大前门的怀旧与联想

一

我不是老北京人，却对大前门有着浓浓的怀旧情结。

要说对大前门的记忆，很长一段时间都是停留在小时候玩的"大前门"牌香烟盒上。

记忆中的"大前门"牌烟标，一边是前门楼，一边是箭楼，都是灰蓝色。听大人讲，大前门坐落在北京天安门广场的正南边。从古至今，前门都是北京城的象征。高高的前门楼，令我和小伙伴们十分向往。

那时，小伙伴们放学后，唯一的娱乐就是"拍"香烟盒。将废烟盒拆开，叠成"三角拍"，找一个避风的墙角，大家头顶头地围在一起，在地上对着"拍"。拍翻了对方的"三角拍"，就归已有。

这是一个技术活，选角度，看风向，用巧劲。

我属于技术好的。因此，每天都可以赢到许多香烟盒。

赢烟标的目的，在于收藏。收藏的成就感，在于种类多多。烟标赢多了，就有资本与别人交换，交换一些稀缺的、好看的烟标，充实自己的品类。当然，这种交换是按质论价，如大前门烟盒珍贵，就可以一换三。

大前门烟盒为何珍贵？一是图案好看，宏伟壮丽的前门楼，令小伙伴们喜爱无比。二是生产地多，类别丰富，可以形成收藏专题。

夜深人静时，我就会将赢来的香烟盒一一展开，分门别类地收藏好，以便显摆时用。我清点过，除国家指定的上海、青岛、天津三家卷烟厂外，竟然还有南京、徐州、重庆、哈尔滨、蚌埠、芜湖、许昌、开封、漯河、临汝、太原和彬县等卷烟厂，生产过大前门牌香烟。毫无疑问，享誉世界的大前门，有力地支撑了烟标的品牌效应。那么，大前门烟标品牌，也自然而然地提升了北京前门的知名度。这是不言而喻的。

至今，诞生于1916年的"大前门"仍然是中国著名烟标品牌，经久不衰。阅读烟标历史，一种牌号能经历50年已属少见，而"大前门"竟奇迹般地走过了100多年的历程。

不仅如此，似乎与前门相关的东西都具有极高的收藏价值。1948年12月，中国人民银行发行了新中国第一套人民币。第一版伍佰元的纸币，图案就是北京前门。它是最早出现在人民币上的北京城门。

最难得的是，同属第一套人民币，大前门纸币要比其他版别人民币的收藏价值高很多。它是第一套人民币中的珍品，是"发烧友"争相追逐的对象，其收藏价值一路攀升。

二

有位诗人朋友说，生命是由一段又一段的旅程衔接而成，每段旅程中，都能发现不一样的风景。每一次发现，既是偶然又是必然。

我与中国铁道博物馆的相遇，仿佛也是必然之中的事。

2009 年 6 月，我从郑州铁路局党委宣传部部长的岗位，调任铁道部政治部宣传部宣传处处长。当时，正逢以前门东站旧址为主馆，组建中国铁道博物馆。就组建方案而言，中国铁道博物馆由铁道部与北京铁路局双重管理。铁道部宣传部代表铁道部履行业务指导职能，包括展陈内容的审定、览区划分，等等。

宣传处负责内宣工作，组建博物馆属于内宣的工作范围。这个时期，我非常频繁地往返于铁道部机关与正阳门馆之间，与博物馆筹备组的同志一道，挑选展品，商量布展。忙得很充实，不亦乐乎。

记得最初的展陈方案中，有很多历任党和国家领导人的照片，而且都是大幅的。我感觉，作为一个铁路博物馆，重在展陈铁路发展的历史印迹，中央领导对铁路工作的关怀和重视，可以有一些重点照片，但不宜作为博物馆的主体。

显然，这只是我的个人意见。在讨论展陈方案时，我建议适当控制领导人照片，并反复强调这只是我的个人意见。

不久，根据上级部门的要求，对博物馆展陈的党和国家领导人照片进行了梳理。由此，中国铁道博物馆取消了"领导人照片墙"。

三

我喜欢在天安门广场漫步。这里不仅是世界上最大的广场，也是博物馆最密集的地区之一。中国国家博物馆、故宫博物院，其藏品与规模，在世界上屈指可数。还有中国钱币博物馆、北京市规划展览馆、中国铁道博物馆、北京自然博物馆、北京警察博物馆、中国法院博物馆、老北京传统商业博物馆等多个专业博物馆，都分布在前门这一带。比翼齐飞，相得益彰。

在这个空间里，聚集着一种规模效应。多种类的博物馆，让有限的空间，变得无比宽广起来。多知识的交织，多学科的展示，构建起文化与学习的枢纽。行走其中，曲径通幽，柳暗花明，缺啥补啥，要啥拿啥。知识性与创造力融为一体，逐梦天下，快乐无比。

我以为，博物馆就是一个对话平台。在诸多的文物面前，你是学生，不必拘谨，不必为自己的孤陋寡闻而羞涩。你完全可以十分坦然地、默默地阅读它。与历史对话，与科学对话，与不同时代的人对话，分享人类文明的成果。

在这里，你亲近文物，也就亲近了历史。此时无声胜有声，一种强大的亲和力，会感动和震撼你的心灵。眼前的每一件文物，都是历史的见证，都是文化的遗存，怀旧的情感维系着记忆的延续。

于是，经常行走如此，养成了习惯。我经常是一个面包、一瓶水，沉醉于博物馆中，寻觅、徘徊和荡游，每次都有新发现、新收获。

我以为，世界上任何地方都没有比博物馆更美妙了。再遥远的历史，也是触手可及。再冰冷的文物，也保持着生命的热情和旺盛的活力。

四

我爱好古玩收藏。中国古钱币、青铜器、瓷器和名人字画，都是我的心爱之物。

我的长篇小说《传世古》，讲述的就是中国古钱币的故事。一个家族几代人，为追寻一枚王莽时代的"国宝金匮直万"古钱，历尽艰辛，却乐此不疲。创作期间，我曾多次从郑州来北京，到中国钱币博物馆探访，只为了感受那种说不出道不明的古钱币文化气息。

据说，"国宝金匮直万"古钱仅存世一枚，就珍藏在中国钱币博物馆。

面对浩如烟海的中国古钱币藏品，再看我的钱币藏品，简直就是九牛一毛，实在是羞于见人。我与展柜里的古钱币，如饥似渴地对视、对话，无比兴奋，无比充实。此时此刻，我突然怀疑起了我收藏的意义：一个人的能力，到底能走多远？

我突然有了一种感觉，放弃小我，走出狭窄，将博物馆的藏品，如同己有，视为知己，你就会彻底轻松起来，胸怀也会更加广阔。

从此，我不再为弄不到新藏品发愁，也不会担心赝品、担心失盗，没有了无穷无尽的烦恼。需要了，想它了，就来博物馆看看。在一定的时空里，这里的一切都是属于你的。

我变得聪明起来。

五

我曾多次来到北京东边的明城墙遗址公园寻访。

这里有着北京唯一的一段古城墙。它东起城东南角楼，西至崇文门，全长 1.5 公里，始建于明永乐十七年（公元 1419 年），距今已有 600 余年的历史。它是原北京内城城垣的组成部分，乃北京城历史变迁的标志性遗迹。

据史志记载：1915 年，北洋政府为建设环城铁路，决定将正阳门至崇文门，再至东南角楼的铁路线向北延伸。因路基建在护城河与城墙根之间，铁路又不能直角转弯，设计者便仿照中国传统的拱券式门洞，在城墙的东北角楼及东南角楼两处，破墙筑洞，名曰

"火车券洞"。火车坦然地从这里穿过了古城墙。

1920 年，东北角楼被拆除，而东南角楼及那个"南券洞"，则幸运地被保留至今。南券洞洞高 8.2 米，宽 9.2 米，深 7.4 米，完好无损。当年火车从东便门站发车，穿过这座"南券洞"，可通往朝阳门、东直门、安定门、德胜门、西直门等车站。这应该是当年京师环城铁路唯一的遗存了。伫立于此，我不禁浮想联翩。百年沧桑，无怨无悔，这个墙洞一直静静地坚守在这里，无声地讲述着曾经的故事。

2002 年 10 月，正是在这座遗址公园内，发现了距今一百多年的"京奉铁路信号所"，以及原京奉铁路的路轨及枕木。它立于东便门角楼西侧的城墙南侧，与前门东站同年代，1901 年由英国工程师金达设计建造。

我在现场看到，信号房建筑为砖木结构，房顶铺瓦楞铁板。房高 6 米左右，高大的"身材"在明城墙脚下却显得有些渺小，只是非常醒目。楼上为观测室，室内西墙上有两扇窗户，用于观察火车通行情况。仔细观察，信号房的墙砖也许是从英国运来的，带有英文缩写字母"P、M、R"。其确切解释，还有待进一步考证。

明媚的阳光下，绿草碧树，鸟语花香，过去的日子似乎已很久远。这座小小的信号房，也很难与当年繁忙的京奉铁路场景联系起来。那来往如梭的车流，已经在时光中远去。只有几段旧时的铁轨和枕木，依然默契地陪伴在它的旁边。

↑ 坐落在崇文门明城墙外的"京奉铁路信号所"。摄影 / 王雄

六

我居住的北京市京铁和园小区，原址是广安门车站货场。

2009 年 10 月 25 日，广安门车站停止办理货运业务，随后货场被拆除。当时遗留下来一座建站时的老钟，铁锈斑驳，被中国铁道博物馆收藏。

这年广安门车站 104 岁。

1906 年 9 月 30 日，京张铁路丰台至南口段竣工通车。广安门站是京张线上的第二个站点，前面的起点站是柳村站，后一站是西直门站。由于车站地处广安门城楼西侧，故而得名。当时车站只有三股道，十几个人，办理着很少量的客运和货运业务；每天旅客只有几十人，零担货物有粮食、煤炭、棉布和干果等。

1968 年，西直门站改为京包铁路的起点站。广安门站至西直门站的铁路被拆除，而广安门站通往京广铁路西便门站的联络线却保留了下来。1996 年 9 月 1 日，京九铁路通车时，这段联络线成为京九线的一部分。于是，广安门站成为一个会让站。京九铁路的客车从北京西客站始发，经广安门站，一路远去。

我坐在书桌前，透过书房的窗户，能看到京九铁路的客车，一趟一趟地从广安门站通过。有时也会看到复兴号动车组在这里歇息，然后被拉到北京西客站，载客奔驰于京广高铁。

每每这时，我难免又多了一些怀旧情结。

我时常想，铁路的记忆是一个江湖，也是一本厚厚的书。京城铁路，百年风雨，铁路也是修了又拆，拆了又修，循环反复，编织着一个又一个故事。

历史的尘埃，我一直以为很远很远，眼下却离我很近很近。

七

记得有一位叫尹丽川的导演，她是南方人，很少见到雪。

几年前的一个冬天，她来到了北京。这天，一场鹅毛大雪从天而降。她惊喜万分，兴奋地在后海喝酒，然后借着热乎劲，在雪地上随手写了一句：一下雪，北京就成了北平。

结果，成就了老北京的怀旧金句。

北京人怀旧，这是众所周知的。可是，老北京的怀旧金句，竟让一个南方人抢了先，北京人多少有点心有不甘。

南方显然比北方暖和。同一个太阳，冷热如此分明，这是大自然的鬼斧神工。从南方来到北方的人，总感到阳光在天空中走了很远的路，于是弱化了许多。后来，我从南方来到北方，由一个南方人成为北京人，沐浴着北方的阳光后，才慢慢读懂了北京人。北京人的怀旧情感，其实与现实中的阳光没有多少关系。那是一种新与旧之间的冷暖，是一种精神上的追求与感觉。

北京人怀旧，都喜欢拿前门楼与火车说事。"我说前门楼子，你说火车头子。"意思说，两人说的事情完全不相干，我说东你说西。这前门与火车，似乎不搭界。然而，前门楼自打一建好，就一直是老北京的象征。火车开到前门楼，有强盗行为，但同时也冲破了封建思想的禁锢，成为北京开天辟地的大事件。于是，这前门楼与火车算是历史性地联系在了一起。

这就是老北京。这些怀旧情绪，以及遗留下来的历史感与烟火气，在新与旧的交替中，影响着一代又一代的北京人。

北京的旧，不是隔夜的茶，而是二锅头，是历史和生活的层层沉淀，承载着满满的人和事的回忆。北京的新，不是高楼大厦，而是大数据，是动力与创新的融合，憧憬着对未来人和事的畅想。放在时间的尺度里，北京是一座旧城。放在空间的尺度里，北京是一座新城。

北京人怀旧，图一个乐乐呵呵。妙就妙在其中的乐趣与满足，足够这辈子消化的了。何止是北京人怀旧，中华民族本就是一个喜欢怀旧的民族。旧物、故人、老家和逝去的岁月，都是怀旧最通常的主体。易于怀旧，才会懂得感恩。你会发现，原来自己周围的一切都是那样美好。

怀旧是一种情绪，是一种情结，或许可以成为一种哲学，如今也成为一种时尚。

2023 年 10 月 30 日于北京

摄影／原瑞伦